TRUCKER

RAY M. SCOTT

ENDSTATION LOUISIANA

Trucker-Roman

Herausgegeben
von
Thomas Jeier

WILHELM HEYNE VERLAG
MÜNCHEN

HEYNE WESTERN NR. 05/2755

Printed in Germany 1987
Umschlagfoto: Hans-Georg Fischer, München
Umschlaggestaltung: Atelier Ingrid Schütz, München
Gesamtherstellung: Elsnerdruck, Berlin

ISBN 3-453-20621-5

1

Hank Macon saß mit nacktem, schweißüberströmtem Oberkörper hinter dem Steuer des schweren Freightliner-Trucks. Fluchend wischte er sich mit dem Handrücken über die feuchte Stirn. Das ungewaschene, verschwitzte Haar klebte ihm am Kopf, und er schmeckte seinen eigenen Schweiß auf der Zunge. Noch nicht einmal der Fahrtwind, der durch die heruntergekurbelten Fenster in die Kabine drang, brachte nennenswerte Abkühlung.

Die Klimaanlage war defekt. Im Fahrerhaus herrschten deshalb Temperaturen wie im Brutofen. Der August in Louisiana war nun mal nicht der Monat der milden Sommerabende. Ganz im Gegenteil. Und der Caterpillarmotor brachte nicht nur satte 400 PS auf die Antriebsachse, sondern gab auch eine Bullenhitze ab. In einer Sauna konnte es nicht schlimmer sein.

»Der Teufel soll den Süden holen!« fluchte er laut und schaltete krachend herunter, als die Straße in eine scharfe Kurve ging.

»Reg dich endlich ab, Hank.«

»Wir hätten uns einen anderen Truck unter den Nagel reißen sollen«, sagte Hank Macon verdrossen zu seinem Komplizen Joe Colfax, der neben ihm auf dem Beifahrersitz saß und die Straßenkarte von Louisiana studierte.

»Sonst noch Wünsche?«

»Mit dem Mack, den ich im Auge gehabt hatte, wären wir bestimmt besser gefahren.«

Joe Colfax schüttelte nur müde den Kopf. »Der Mack hatte eine viel zu auffällige Bemalung.«

»Wir hätten eben bloß nachts fahren sollen. Was bei diesen Scheißtemperaturen sowieso das Vernünftigste gewesen wäre.«

»Dummes Zeug. Mit dem Mack wären wir gar nicht erst aus Mississippi rausgekommen. Schon in Jackson hätten sie uns hochgenommen und eingelocht«, entgegnete Joe Colfax ungehalten. »Und ich habe nicht vor, hier irgendwo im Jail zu braten!«

»Wir hätten uns den Lastzug *und* den Fahrer schnappen können!« wandte Hank streitlustig ein.

Joe blickte noch nicht einmal von der Straßenkarte auf. »Ach, nee, was du nicht sagst.«

»Klar, wir hätten den Burschen irgendwo in Texas in der Wüste rausschmeißen können. Und dann hätten wir auch ganz locker über die Interstates brausen können, statt hier wie so 'n blinder Milchkannenexpress über die Dörfer zu zuckeln!«

»Du hast sie wohl nicht mehr alle auf der Latte, was? In der Wüste aussetzen!«

»Na und?«

Joe verzog das Gesicht und sagte gereizt: »Lastzüge klauen und Kidnapping sind zwei verdammt verschiedene Paar Stiefel, Mann!«

»Hast du etwa Schiß?«

»Du gehst mir mit deinem dummen Geseiche langsam schwer auf den Keks, Hank! Von Kidnapping war nicht die Rede gewesen.«

»Aber keiner hat uns gesagt, daß wir das nicht machen sollen!«

Joe Colfax knallte die Straßenkarte auf die breite Ablage. »So etwas braucht man nicht extra zu sagen, Mann! Daß man die Finger von so 'ner heißen Sache wie Kidnapping läßt, versteht sich von selbst – sofern man sie noch alle beisammen hat und nicht lebenslänglich in den Bunker wandern will.«

»Aber . . .«

Joe fiel ihm scharf ins Wort. »Außerdem ist dieser Truck genau das, was der Boß haben wollte. Das mit der Klimaanlage ist Pech. Und jetzt quatsch nicht ständig, was gewesen wäre, wenn. Wir haben die Kiste, und damit hat es sich, kapiert?« Ihm setzte die Hitze nicht ganz so zu wie seinem übergewichtigen Partner. Er war von schlanker, sehniger Gestalt und hatte fünfundzwanzig Jahre seines dreißigjährigen Lebens im Süden verbracht. Gut ein Drittel davon in verschiedenen Gefängnissen. Da hatte es auch keine Klimaanlagen gegeben. Und er war nicht scharf darauf, so schnell wieder hinter Gitter zu kommen. Kidnapping! So ein Schwachsinn!

Hank schnaubte ärgerlich. »Pech? Mann, wir haben noch fast achthundert Meilen vor uns! Bis wir in San Diego sind, sind wir in diesem verdammten Brutofen gar gekocht wie 'n Suppenhuhn!«

Joe warf ihm einen spöttischen Blick zu. »Sag mal, bist du sicher, daß du auch bei der richtigen Truppe angeheuert hast, Hank?«

Hank kniff die Augen zusammen. Die Ironie seines Komplizen war ihm nicht entgangen. Doch er wußte nicht genau, wie er sie deuten sollte. Dieser Joe Colfax hatte manchmal so eine verdammt miese

Art, einem etwas unter die Weste zu jubeln, das man erst kapierte, wenn es schon zu spät war, um ihm Saures zu geben. »Wie meinst du das?«

Joe Colfax ließ sich mit der Antwort Zeit. Er griff nach seiner Zigarettenschachtel und klopfte ein Stäbchen heraus. Mit einem breiten Grinsen steckte er es sich zwischen die Lippen, riß ein Streichholz an seinen Lederboots an und sagte dann nach dem ersten Zug: »Na, als du bei uns eingestiegen bist, war die Rede zwar von schnellem Geld gewesen, nicht jedoch davon, daß der Boß dir zehn Riesen dafür zahlt, daß du im klimatisierten Caddy für ihn zum Einkaufen fährst, Partner.«

»Dir schlägt die Hitze wohl auf die Birne. Ich weiß, wie man 'n Ding sauber dreht. Mir kannst du nichts erzählen. Also spar dir deine blöden Kommentare«, brummte Hank und trat vor Wut über die Zurechtweisung seines Partners das Gaspedal voll durch. Die Tachonadel kletterte über die 60-Meilen-Marke. »Ich hab bloß gesagt . . .«

»Bin nicht taub«, fuhr Joe ihm scharf ins Wort. »Ich hab gehört, was du gesagt hast. Aber offensichtlich hast *du* nicht genau hingehört, als ich gesagt habe, daß wir uns strikt an die Geschwindigkeitsbegrenzungen halten! 55 Meilen und keinen Tick schneller, Hank! Ist das klar?«

»Mann, die Straße ist frei!« protestierte Hank. »Weit und breit kein Schwanz zu sehen!«

»Das juckt mich nicht! Runter vom Pinsel! Hab keinen Bock, von 'nem Bullen angehalten zu werden, nur weil dir der Latschen juckt. Also nimm den Fuß vom Pinsel, sonst kannst du dir 'nen neuen Job suchen!«

Seine Stimme war kalt und hart wie Metall. Hank war fünf Jahre jünger als er, kam aus dem kühlen Norden Oregons, war jedoch ein verdammter Heißsporn. Soviel er hinter der Hand erfahren hatte, war ihm nach einigen Raubüberfällen da oben der Boden unter den Füßen zu heiß geworden. Vor ein paar Monaten hatte er sich in den Süden von Kalifornien, nach San Diego, abgesetzt, wo die mexikanische Grenze nicht weit war. Joe war sich nicht mehr so sicher, daß sein Boß Kirby mit Hank einen guten Griff getan hatte. Aber er hatte ihm ja schlecht reinreden können. Doch er ärgerte sich, daß er es war, der sich nun mit Hank abgeben mußte. Ein Bursche wie er als Partner schmeckte ihm so gut wie Russisches Roulette.

»Den verdammten Highway hier kannst du meilenweit einsehen! Da kann sich kein Bulle verstecken!« stieß Hank grimmig hervor und deutete mit dem Kopf auf die flache Landschaft vor ihnen. Wiesen und Felder, so weit das Auge reichte. Doch er nahm das Gas zurück, bis sich die Tachonadel wieder auf 55 Meilen eingependelt hatte. Joe konnte gut mit dem Boß, und es war nicht ratsam, sich mit ihm ernsthaft anzulegen. Zumindest jetzt noch nicht. Wenn er erst richtig im Sattel saß, würden sich ihm schon noch genügend Möglichkeiten bieten, ihm so einiges heimzuzahlen. Und daß er das tun würde, stand für ihn jetzt schon fest. Denn wenn es eines gab, was er mehr als alles andere haßte, dann waren das Vorschriften und solche klugscheißerischen Belehrungen von der Art, wie Joe Colfax sie so gern vom Stapel ließ. Er würde ihn noch richtig kennenlernen und kapieren, daß er keiner von den Burschen war, die sich herumkommandieren ließen. Nicht mit Hank Macon!

Joe erwiderte nichts darauf. Er kniff die Augen zusammen, als ein Reklameschild am Straßenrand auftauchte und für einen Truck-Stop warb.

»Du hältst da an!« befahl er.

»Wir haben den Tank noch halbvoll!« wandte Hank ein.

»Ich hab nichts von tanken gesagt. Ich will den Boß anrufen und ihm durchgeben, was wir aufgerissen haben«, brummte Joe. »Außerdem muß ich mal auf den Topf.«

Hank schnaubte und verzog das Gesicht, ging aber mit dem Gas runter, als der Truck-Stop vor ihnen auftauchte. Eigentlich war es eine irreführende Bezeichnung, denn es handelte sich dabei um eine Tankstelle der primitivsten Art. Vier Tanksäulen und ein langgestreckter Bau, der mehr Ähnlichkeiten mit einer baufälligen Baracke als mit dem Hauptgebäude eines anständigen Truck-Stops besaß.

»Halt gleich auf dem Vorplatz. Muß ja nicht jeder die Nummernschilder sehen können.«

Hank lenkte den 18-Wheeler von der Landstraße auf den sandigen Vorplatz. Die Sonne versank schon im Westen, und die schwache Leuchtreklame, die über dem Eingang flackerte, reichte nicht einmal halb über den Platz.

Joe stieß gegen die Tür. »Kann dauern«, sagte er nur und stieg aus.

»Als ob ich das nicht wüßte«, knurrte Hank, der nicht begreifen konnte, wie jemand so lange wie Joe in einer Toilette zubringen konnte. Vermutlich las er Zeitung oder löste Kreuzworträtsel.

Was für ein beschissener Job! Er wünschte, er hätte den Job allein erledigen können. Und zwar nach seiner Methode!

2

Hank steckte sich gerade eine Zigarette an, als er die Gestalt bemerkte, die über den Platz auf den Truck zukam. Ein Mädchen! Und zwar eins mit recht ansprechenden Kurven.

Er grinste unwillkürlich.

Das Mädchen, das so zwischen achtzehn und zweiundzwanzig sein mochte, kam um das Fahrerhaus herum und klopfte dann gegen die Tür. »He, Cowboy!« rief sie.

Hank öffnete die Tür. »Hallo, Baby!«

»Wo geht's hin?« fragte sie.

»Nach Süden«, antwortete Hank vage und musterte sie unverhohlen. Sie trug knappe, ausgefranste Jeans, deren Hosenbeine sie oberhalb der Knie abgeschnitten hatte, sowie eine karierte Bluse, die sie vor der vollen Brust locker verknotet hatte. Ein BH war nicht zu sehen. Ihr Gesicht war zwar nicht ausgesprochen hübsch, doch ansprechend. Sie hatte einen sinnlichen Mund.

»Süden ist immer gut. Da will ich auch hin.«

»Warum nimmst du nicht 'n Bus, Kleine?« spottete er.

»Weil ich abgebrannt bin, Cowboy. Wie wär's mit 'nem bißchen Gesellschaft?« erkundigte sie sich. »Ich heiße übrigens Cathy.«

Hank überlegte, ob er es mit einer Trucker-Hure zu tun hatte. Aber den Eindruck machte sie ihm eigentlich nicht. Eine Gewerbliche würde sich auch nie und nimmer so einen elenden Truck-Stop aussuchen, wenn sie nicht gerade beruflichen Selbstmord begehen wollte. Aber auch wenn sie eine Prostituierte gewesen wäre, hätte es ihn nicht gestört. Mit ihnen hatte er genügend Erfahrung gemacht.

»Tja, ich weiß nicht so recht«, sagte er zögernd und dachte an Joe.

Sie legte sein Zögern anders aus und lächelte ihn nun verführerisch an. »Ich bin auch bereit, eine Freundlichkeit mit einer anderen Freundlichkeit zu vergelten, Cowboy«, sagte sie und trat näher.

»Wie stellst du dir diese Freundlichkeit vor?« fragte Hank und spürte, wie sein Körper sich meldete. War schon einige Zeit her, seit er mit einer Frau zusammen gewesen war. Und diese Kleine sah verteufelt appetitlich aus.

Cathy öffnete den Knoten ihrer Bluse, ohne den Blick von ihm zu nehmen. Und während sie mit einer Hand über seinen Oberschenkel fuhr, schob sie ihre karierte Bluse zurück, so daß ihre Brüste unverhüllt vor seinen Augen lagen.

»Cathy, du kannst einen verdammt schwach machen«, stieß er hervor.

»Ich hoffe, daß ich das Gegenteil bei dir erreiche«, erwiderte sie, während ihre Hand höher wanderte. Sie lachte auf. »Aha, ich spüre, daß ich mich nicht getäuscht habe.«

Hank überlegte nun nicht mehr lange. Joe würde noch mindestens zehn Minuten brauchen. »Komm, steig ein!« forderte er sie auf und deutete mit dem Kopf auf die Schlafkabine.

Cathy war im Handumdrehen bei ihm im Fahrerhaus. Hastig schälte er sich aus seinen verschwitzten Klamotten, während sie mit einer geschmeidigen Bewegung aus ihrer Jeans-Shorts stieg. Darunter war sie splitternackt – und er konnte nicht ein einziges Haar an ihr entdecken.

»Heiliges Rohr!« keuchte Hank, als sie sich über ihn beugte.

»Wir werden eine Menge Spaß miteinander haben«, versprach Cathy.

Hank hatte Mühe, seine Erregung zu zähmen. Er stöhnte laut, als er ihren warmen Mund spürte. Noch ein paar Augenblicke, und er würde es nicht länger zurückhalten können. Seine Hände gruben sich in ihr Fleisch. Plötzlich wurde der Vorhang zur Schlafkabine zurückgerissen, und Joes wütendes Gesicht tauchte auf. »Was, zum Teufel, geht hier vor sich?« fauchte er.

Cathy zeigte erstaunlich wenig Überraschung.

»Oh, fahren Sie beide zusammen?« fragte sie nur und machte keine Anstalten, ihre Blößen zu bedekken.

»Ja!«

»Ich finde, hier ist doch Platz für drei«, sagte sie.

Hank grinste gequält. »Komm, sei kein Spielverderber. Wir können Cathy doch 'n Stück mitnehmen!«

Joe starrte ihn wütend an, packte Bluse und Jeans und stieß ihr beides vor die Brust. »Zieh deine Klamotten an und verschwinde!«

»He, das ist aber . . .«

Joe ließ sie nicht ausreden. »Ich geb dir zehn Sekunden, deinen hübschen Hintern nach draußen zu befördern!« warnte er sie.

Schnell zog sie sich an und sprang aus dem Fahrerhaus. »Verdammter Dieselaffe!« schrie sie ihm zu.

»Bist du noch zu retten?« schrie Hank ihn nun an, während er sich mit hochrotem Kopf anzog. »Hättest du nicht wenigstens noch ein paar Minuten warten können? Mann, wir waren gerade so mittendrin!«

»Ich glaube, du bist derjenige, der nicht mehr zu retten ist!« fuhr Joe ihn an. »Wir reden später darüber! Jetzt klemm dich hinter das Steuer und sieh zu, daß wir von hier verschwinden!«

Hank hätte vor Wut platzen können. Er begann seinen Komplizen aus tiefster Seele zu hassen. Doch er beherrschte sich, setzte sich hinter das Steuer und drosch den Gang rein. Schnell fiel der primitive Truck-Stop hinter ihnen zurück.

Joe studierte wieder die Straßenkarte und wies ihm mit knappen, kalten Anweisungen den Weg zur nächsten Überlandstraße.

»Okay, du bleibst auf dieser Straße«, sagte er dann, faltete die Karte zusammen und schob den Vorhang zurück, der die Schlafkabine vom Fahrerhaus trennte. »Bis zur Grenze nach Texas sind es noch hundertzwanzig Meilen.« Er blickte auf die Uhr. Es war kurz nach sieben. »Ich leg mich zwei Stunden aufs Ohr. Um neun weckst du mich. Dann wechseln wir.«

»Von mir aus kannst du bis zwölf pennen«, erwiderte Hank grimmig. »Ich bin fit!«

»Ich will dir nicht zu viel zumuten, Kumpel. Du schwitzt ja so schnell«, sagte Joe Colfax mit beißendem Spott und kletterte nach hinten.

»Wenn das 'n Witz sein soll, dann mußt du dich schon 'n bißchen mehr anstrengen!« fauchte Hank.

Joe lächelte nur geringschätzig. »Also um neun.« Damit war das Thema für ihn abgeschlossen, und demonstrativ zog er den Vorhang hinter sich zu.

»Du kannst mich mal«, zischte Hank leise. Er wußte ganz genau, warum Joe um neun das Steuer übernehmen wollte. Er hielt ihn für einen Anfänger und traute ihm nicht zu, den langen 18-Wheeler auch bei Dunkelheit sicher über die Straßen zu lenken. Was er sich bloß einbildete? Das hier war wahrlich nicht der erste Truck, den er unter dem Hintern hatte. Er kannte sich mit allen Typen von 18-Wheelern aus. So ein Großmaul wie Joe konnte ihm da nichts vormachen. Aber für zehn Riesen konnte er ja schon mal seine Wut hinunterschlucken. Doch ein zweites Mal würde er mit Joe nicht auf Tour gehen. Er dachte an Cathy, sah ihren nackten Körper wie ein plastisches Bild vor sich und hatte einen trockenen Mund. Himmelherrgott, was war Joe doch für ein Ekel, ihm so den Spaß zu versauen! Eigentlich hätte er dafür eine Kugel in seinen Querschädel verdient!

3

Der Himmel verdunkelte sich im Nordwesten. Schiefergraue Wolken ballten sich zusammen und dehnten sich bald über den ganzen Horizont aus. Ein Unwetter zog heran.

Die Abendsonne verschwand innerhalb weniger Minuten hinter der grauschwarzen Wand, und es wurde fast schlagartig Nacht. Das Sommergewitter kam rasch näher, jagte förmlich über den finsteren Himmel. Das tiefhängende Wolkengebirge sah furchteinflößend aus. Und plötzlich zuckten Blitze in der Ferne über den Himmel, rissen die Schwärze mit ihrem blendend grellen Schein auf, während sie in wildgezackter Bahn aus den Wolken zur Erde schossen.

Hank schaltete die Scheinwerfer ein und zog die kleine Flasche Whisky aus der Seitentasche der Fahrertür. Joe hatte ihm zwar verboten, unterwegs zu trinken. Aber was kümmerte ihn das. Joe pennte hinten, und er war ja kein Sonntagsschüler, der sich ständig Vorschriften machen ließ. Und einen kräftigen Schluck konnte er jetzt gut vertragen. Himmel, nicht ein einziges Haar hatte diese Cathy gehabt. Glatt und weich war sie da gewesen!

Mit einem einzigen Schluck kam er nicht aus. Warum sollte er auch? Sein Körper brauchte jetzt so ein kräftiges Beruhigungsmittel. Außerdem konnte er doch eine ganze Menge vertragen. Dreimal, viermal setzte er den Flachmann an die Lippen und nahm jedesmal einen kräftigen Schluck, der in einer Kneipe einem Doppelten entsprochen hätte.

Der Whisky brannte in der Kehle, verwandelte sich in seinem Magen jedoch in angenehme Wärme. Er entspannte sich, und sein Groll auf Joe ließ nach. Er schaltete das CB-Gerät ein und ging alle Kanäle durch. Doch auf dieser Straße war wenig Verkehr, und im Äther war deshalb auch nichts los. Er passierte ein Straßenschild, das die Aufschrift trug: *Holly Ridge 9 Meilen.*

»Holly Ridge! Pah! Bestimmt ein gottverlassenes Nest in dieser gottverlassenen Gegend«, brummte er vor sich hin und griff noch einmal zum Flachmann. Dann steckte er sich eine Zigarette an. Wenn es nach ihm gegangen wäre, hätten sie die großen, breiten Interstate Highways benutzt. Aber Joe hatte darauf bestanden, daß sie auf wenig befahrenen Landstraßen blieben, auch wenn das eine Menge Meilen und Fahrstunden mehr bedeutete. Er wollte auf Nummer Sicher gehen.

»Hat selbst keinen Mumm in den Knochen und

will mir erzählen, was Sache ist!« murmelte Hank abfällig vor sich hin und trat das Gaspedal weiter durch. Warum, zum Teufel noch mal, sollte er auf dieser einsamen Landstraße nicht auch lässige 65 Meilen fahren?

Die ersten Regentropfen klatschten auf die lange, breite Motorhaube und das Dach des Freightliner. Augenblicke später verschwamm die Straße hinter einem dichten Regenvorhang. Es goß wie in Strömen. Der Regen trommelte ein wildes Stakkato auf das Blech des Trucks. Dumpfes Donnergrollen rollte über das Land hinweg, gefolgt von dem berstenden Krachen der Blitze. Grelles Licht zuckte über die Landstraße und tauchte das Innere des Fahrerhauses für Sekundenbruchteile in gleißende Helle.

»Ein Scheißwetter an einem beschissenen Tag«, brummte Hank grimmig und tastete nach der Flasche. Ihm ging Cathy nicht aus dem Kopf. Wenn er bloß daran dachte, wie sie splitternackt vor ihm gelegen hatte, dann krampfte sich sein Magen vor Wut zusammen.

Wieder zerriß ein greller Blitz die Schwärze der Nacht, und das Donnerkrachen folgte fast im selben Augenblick, als wäre der Blitz gleich neben dem Truck eingeschlagen.

Joe fuhr aus dem Schlaf und riß den Vorhang zurück. »Was ist?« stieß er hervor.

»Nichts, nur 'n kleines Gewitter. Kannst dich wieder hinlegen. Ist noch 'n gutes Stück bis nach Texas.«

Joe kam nach vorn und sah, daß die Scheibenwischer Mühe hatten, mit den Wassermassen fertig zu werden, die vom Himmel stürzten. »Ein kleines Gewitter? Das ist die reinste Sintflut! Geh besser mit dem Tempo runter. Man kann ja kaum die eigene Hand vor Augen sehen.«

»Alles halb so wild, Joe. Habe den Truck voll im Griff«, antwortete Hank, mußte jedoch die Augen zusammenkneifen, um bei diesem schweren Unwetter den Mittelstreifen auf dem Asphalt zu erkennen. Immer wieder blendete ihn das grelle, blauweiße Licht eines jäh aufleuchtenden Blitzes. Doch er dachte nicht daran, den Fuß vom Gaspedal zu nehmen, führte die Landstraße doch schnurgeradeaus durch offenes, weites Farmland.

Die Tachonadel stand auf 62.

»Runter mit dem Tempo!« rief Joe scharf.

»He, nun mach dir mal nicht . . .«

Joe ließ ihn nicht ausreden. »Willst du uns in den Graben fahren? Schau dir mal die Wasserlachen an, die auf der Straße stehen! Du hast hier 'nen Truck unterm Arsch und kein Hausboot!«

»Zum Teufel noch mal, blas dich doch nicht ständig auf!« explodierte Hank. »Ich weiß schon, was ich der Kiste zumuten kann. Wenn . . .«

Joe Colfax sah plötzlich die Pfosten mit den reflektierenden Streifen, die im Licht der aufgeblendeten Scheinwerfer aufleuchteten. Die lange Pfostenreihe schien von einer Sekunde auf die andere wie aus dem Nichts aufgetaucht zu sein – und sie vollführte einen erschreckend scharfen Bogen nach links!

»Linkskurve! Paß auf!« brüllte Joe erschrocken und stemmte sich gegen das Bodenblech.

Hank erkannte die Gefahr nun auch. Der Schreck fuhr ihm in die Glieder, als ein Blitz die Straße für Sekundenbruchteile in gleißendes Licht tauchte. Das wohlige Gefühl, das der scharfe Alkohol in ihm erzeugt hatte, verflüchtigte sich augenblicklich.

Erschrecken weitete seine Augen.

Die Straße machte einen gefährlich scharfen Knick nach links. Es war eine abrupte Richtungsänderung um fast 90 Grad. Auf der rechten Seite der Kurve erstreckte sich ein Maisfeld. Auf der gegenüberliegenden Seite, fast am Ende der 90-Grad-Biegung, erhob sich ein alter Silo in den nachtschwarzen Himmel. Der Blitz erhellte auch einen Wellblechschuppen, der daneben stand. Im schnellen Rhythmus der Scheibenwischer, die der Regenfluten kaum Herr wurden, waren die Gebäude nur verschwommen erkennbar.

Donnernd raste der Truck, Wasserfontänen zu beiden Seiten in die Nacht spritzend, auf die Kurve zu.

Wäre das Unwetter nicht gewesen, hätten die Scheinwerfer die warnenden Markierungen am Randstreifen früh genug erfaßt. Doch bei diesem sintflutartigen Regen betrug die Sicht keine fünfzig Meter. Zu wenig, um einen 18-Wheeler noch rechtzeitig abzubremsen, der mit Tempo 60 in die Kurve ging.

Hank reagierte instinktiv.

Er trat voll auf die Bremse und schaltete gleichzeitig herunter. Der Motor heulte im oberen Drehzahlbereich auf, daß es in den Ohren schmerzte.

»Na, komm schon!« stieß er beschwörend hervor, und der Angstschweiß brach ihm jäh aus.

Doch es war schon zu spät. Diese Kurve konnte man mit maximal 25 Meilen angehen. Und er hatte noch immer gut und gern das Doppelte auf den Rädern.

Als Hank das Steuer einschlug, spürte er, wie der Trailer von hinten mit unnachgiebiger Macht nachdrückte – und dann nach rechts ausbrach. Der 18-Wheeler ließ sich nicht mehr unter Kontrolle halten.

Das Unglück war nicht mehr abzuwenden.

»Wir schaffen es nicht!« brüllte Hank. Ein fetter Kloß schien in seinem Hals zu sitzen. Er umklammerte das Lenkrad.

»Nicht bremsen!« schrie Joe mit gellender Stimme, die sich fast überschlug. »Gib Gas und versuch ihn herumzuziehen. Los! Worauf wartest du ...! Setz das Gespann notfalls ins Maisfeld!«

Hank nahm den Fuß von der Bremse und gab wieder Gas. Doch nichts konnte das Verhängnis jetzt noch aufhalten. Der Anhänger bestimmte nun ihren Kurs und ihr Schicksal. Sie konnten nichts mehr tun als beten, daß sie bei diesem Crash mit dem Leben davonkamen.

Sie erlebten den Unfall wie in Zeitlupe. Was in Wirklichkeit nur ein paar Sekunden dauerte, erschien ihnen endlos lange.

»O Gott!« stöhnte Hank.

Der Freightliner drehte sich auf der regenüberfluteten Straße wie auf einem mit Schmierseife eingefetteten Brett. Das Heck des tonnenschweren Anhängers rasierte die gut armdicken Betonpfosten um, als wären es läppische Streichhölzer. Dann pflügten die beiden Hinterachsen durch das angrenzende Maisfeld, schleuderten die Erde in dicken Brocken in die Luft und hinterließen tiefe Rinnen im Boden, während sich der Zugwagen in der Kurve querstellte und dann mit der Schnauze in die Richtung wies, aus der sie gekommen waren.

»Gas . . .! Gas!« brüllte Joe.

Hank trat das Gaspedal bis zum Bodenblech durch. Er hoffte, durch die vorwärtsgerichtete Beschleunigung der Zugmaschine die Drehbewegung des Trailers und ihn auf der Straße halten zu können. Doch er hoffte vergebens. Die Reifen drehten durch, und es stank nach verbranntem Gummi.

Der Anhänger hatte einfach schon zuviel Schwung und Eigendynamik. Er schlidderte über den Asphalt und riß den 18-Wheeler von der Straße.

Mit der rechten Längsseite des Trailers krachte der Lastzug gegen den Wellblechschuppen. Metall knirschte, schepperte und riß. Das primitive Gebäude flog auseinander, als hätte eine Bombe eingeschlagen. Mehrere Reifen platzten mit einem explosionsartigen Knall, als sich scharfe Metallfetzen und zersplitterte Stützpfosten in sie bohrten.

Und dann rasten sie schräg gegen den alten Silo. Mit der rechten Vorderfront des Trucks rissen sie einen der schweren Metallstreben weg. Im nächsten Moment bohrte sich die rechte Oberkante des Anhängers in die Wand des Silos und fetzte ihn auf, als wäre er aus Papier. Der Silo knickte ein und begrub den Anhänger unter sich.

Hank und Joe hatten sich mit aller Kraft abgestützt. Doch als der Aufprall erfolgte und der Lastzug endlich zum Stehen kam, wurden sie von ihren Sitzen gerissen. Doch sie hatten Glück im Unglück. Sie zogen sich nur ein paar Schrammen und Prellungen zu.

»Du hirnrissiger Schwachkopf! Raus mit dir! Los, raus!« brüllte Joe seinen Komplizen mit wutverzerrter Stimme an.

Mit glasigem Blick starrte Hank ihn an. »Ich ... ich ... konnte nichts dafür.«

Joe stieß die Tür auf. »Darüber sprechen wir später noch. Aber jetzt nimm deine Sachen. Wir müssen verschwunden sein, bevor jemand den Unfall entdeckt und Bullen anfangen, hier herumzuschnüffeln.«

Hank dämmerte langsam, was er angerichtet hatte. Er hatte einen Lastzug, der gut seine achtzig Riesen wert war und auf den ihr Boß schon ungeduldig wartete, zu Schrott gefahren. Er wußte, was das bedeutete. Sie würden einen zweiten Truck mit Kühlanhänger organisieren müssen!

4

Es waren vier Lastzüge, die den kleinen Konvoi auf der Interstate 20 im Norden von Louisiana bildeten. Ein blauer, plattnasiger Mack-Truck mit einem schwerbeladenen Tieflader bildete das Schlußlicht. *Rocking Chair* war der Codename des Fahrers.

Vor ihm fuhr *Matchbox*. Er steuerte einen Ford-Autotransporter. Die Nummer zwei im Konvoi war ein rotschwarzer Kenworth W 900 mit einem silbrig glänzenden Alu-Trailer. Der Kenworth-Truck hatte eine überbreite Rammstoßstange, eine Reihe Preßlufthupen auf dem Dach, zu beiden Seiten des Fahrerhauses Spiegelantennen von Firestik und jede Menge Chrom und Lichter.

Rebel nannte sich der sandblonde Trucker mit den markanten Gesichtszügen und blauen Augen namens John McCallum. Und die Südstaatenflagge der konföderierten Südstaaten-Rebellen zierte beide Türen seines Trucks, der über eine geräumige und gut ausgestattete Schlafkabine verfügte. John ›Rebel‹ McCallum hatte sich seinen 18-Wheeler einiges kosten lassen.

Vor ihm, an der Spitze des Vierer-Konvois, fuhr ein schwerer International, der Maschinenteile geladen hatte. Im Fahrersitz saß ein Lady Driver. Sie nannte sich und ihren Truck *Purple Rose*. Und purpurne Rosen zierten die Seitenwände ihres Trailers. Doch die zartblättrigen Rosen waren auch das einzig Feminine an ihr. Purple Rose hätte auch im Catch-Ring Karriere machen können. Und was Fahrstil und deftige Ausdrucksweise betraf, stand sie ihren männlichen Kollegen in nichts nach. Purple Rose hatte zwar nicht die Schönheit einer Rose, dafür aber ihre Dornen.

Die vier Lastzüge donnerten schon seit den frühen Mittagsstunden im Konvoi über die Interstate 20 nach Westen. Sie hatten einen prächtigen Schnitt von 67 Meilen pro Stunde gemacht. Mittlerweile war es Nachmittag geworden, und die Sonne hatte noch nichts von ihrer sengenden Kraft verloren.

John McCallum griff zum Handmike seines CB-Gerätes und drückte die Sprechtaste.

»Hier Rebel«, sagte er mit dem gedehnten Tonfall des geborenen Südstaatlers. »Zeit für 'ne Atempause, Purple Rose. Ich werd' jetzt mal die Vorhut übernehmen. Hast lange genug deinen Kopf für uns hingehalten. Jetzt halte ich die Augen offen.«

»Yeah, und du hast 'n verdammt flotten Reifen hingelegt«, drang die kicksende Stimme von Rocking Chair aus dem Gerät. »Würd' mich nicht überraschen, wenn ich mir mit dem Bleifuß 'n Loch ins Blech getreten habe.«

»Du bist eben nichts Gutes gewohnt, Kid!« meldete sich Purple Rose mit ihrer rauchigen Stimme. Sie war für ihre rasanten Fahrten quer durch die Staaten in Truckerkreisen gut bekannt.

»Rück eins vor, Rocking Chair«, sagte Matchbox. »Ich halt' uns für 'ne Weile den Rücken frei, wenn Rebel Purple Rose vorn ablöst.«

»Ten-four, Matchbox!« bestätigte Rocking Chair. »Mischen wir die Karten mal wieder.«

John McCallum scherte aus der Kolonne aus und setzte sich vor den International, der sich in die zweite Position zurückfallen ließ.

Er fuhr mit leichter Ladung, die nur knapp sechs Tonnen wog, jedoch sehr sperrig war. Landwirtschaftliche Geräte aus Virginia für eine Firma in Houston, Texas. Die Frachtrate hielt sich in Grenzen. Nichts, worüber man jubilieren könnte, aber immerhin noch mehr als nur kostendeckend. Er konnte eigentlich recht zufrieden sein, wenn er daran dachte, wie viele seiner Kollegen noch nicht einmal ihre vollen Kosten einfuhren.

Als er sich an die Spitze des Konvois gesetzt hatte, zündete er sich eine Marlboro an. Er hielt die Tachonadel konstant auf 70 Meilen wie Purple Rose vor ihm. Und immer wieder blickte er auf die Anzeigen des Radardetektors. Shreveport, die letzte große Stadt vor der Grenze von Texas, war nicht mehr weit. Und in der Nähe von Großstädten war die Gefahr, einem Smokey in die Radarfalle zu gehen, besonders groß. Jetzt hieß es, die Augen besonders weit offenzuhalten, denn wenn ein Bulle mit seiner Radarkanone nicht Dauerstrahl schoß, sondern aus dem Versteck einen Truck nur gezielt ins Visier nahm, dann nützte auch der beste Radardetektor nichts mehr. Wenn der Alarm einsetzte, hatte Smokey einen schon längst erwischt, und voll auf die Bremse zu latschen bewahrte einen nicht davor, zur Brieftasche greifen zu müssen.

Doch der Highway war sauber. Trucker, die vor ihnen und auf der entgegengesetzten Fahrtrichtung fuhren, konnten nirgends eine Highway-Patrouille entdecken.

Als sie eine halbe Stunde später Shreveport erreichten, löste sich der Konvoi auf. Für Rocking Chair war hier Endstation. Matchbox nahm die 71 nach Süden, während Purple Rose auf die 71 Nord abbog. Ihre Ladung war für Texarkana bestimmt.

»Bis demnächst einmal, Rebel«, verabschiedete sich die Truckerin.

John McCallum schickte ihr einen Gruß mit seinen Preßlufthupen hinterher. Die Hupen waren auf die Tonfolge der Dixie-Südstaaten-Hymne eingestellt.

Fünfzehn Meilen hinter Shreveport fuhr er von der Interstate 20 ab. Er nahm die Ausfahrt Nummer 5 und fuhr Kelly's Truckstop an, der direkt hinter der Abfahrt am Highway 79 lag. Seine Tankanzeige stand auf Reserve. Außerdem war es Zeit, daß er sich eine Pause und eine Dusche gönnte. Seit dem Morgen saß er im Sattel. Brandy würde Augen machen, wenn sie ihn sah.

Brandy!

John verzog das sonnengebräunte Gesicht zu einem versonnenen Lächeln. Vor zwei Monaten hatte er Kelly's Truckstop das letzte Mal angefahren. Vielleicht arbeitete sie schon längst nicht mehr im Restaurant. Brandy hatte die Wanderlust genausosehr im Blut wie er. Nie hielt es sie lange an einem Ort.

Auf dem Truckstop herrschte reger Betrieb. Auf dem Parkplatz reihten sich sieben, acht Dutzend Lastzüge aller Marken aneinander. Und von den acht überdachten Tank-Terminals war nur noch einer frei.

John fuhr in die freie Gasse, stellte den 350-PS-Reihen-Sechszylinder ab und schwang sich aus der Fahrerkabine. Er gab acht, daß er mit seinen Tony-Llama-Stiefeln nicht in die Öl- und Diesellachen trat. Er reckte und streckte sich. Die lange Fahrt steckte ihm spürbar in den Knochen.

»Hi!«

Er drehte sich um und erwiderte den Gruß des jungen Mannes, der den blauen Overall des Kelly's Truckstop-Angestellten trug und zum nächsten Dieselzapfhahn griff.

»Volltanken?« fragte der junge Mann gedehnt, dessen langgezogene Sprechweise ihn als Südstaatler auswies. Er kaute mit offenem Mund auf einem Kaugummi.

»Yeah, bis zur Halskrause.«

»Öl?«

»Danke, ist noch bestens«, sagte John McCallum.

»Mit den Papieren und Nummernschildern alles okay?« fragte der hagere Tankgehilfe, während er den 240-Gallon-Tank des Trucks auffüllte.

John hob verwundert die Augenbrauen. »Weshalb?«

»Egghead-Judge ist wieder unterwegs.«

John legte die sonnengebräunte Stirn in Falten. »*Wer* ist unterwegs?«

»Egghead-Judge.«

»Ich komm' hier nicht so oft durch. Da mußt du noch ein paar Sätze dranhängen, wenn du nicht willst, daß ich mich morgen noch mit deinem Rätsel herumschlage«, scherzte John McCallum.

Der Tankgehilfe deutete auf einen weinroten Buick mit weißem Dach, der langsam an den geparkten Trucks vorbeifuhr. »Das ist er!«

»Ein Bulle?« fragte John McCallum.

Der Tankgehilfe spuckte aus. »Ja!«

John zuckte die Achseln. »Mit diesen Burschen muß unsereins leben. Mein Truck ist sauber. Hab alle notwendigen Permits.«

»Egghead-Judge ist nicht irgendein Durchschnittsbulle«, klärte der Tankgehilfe ihn auf.

»Sondern?«

»Er ist ein Supermiststück von einem Bullen, Mann. Von den normalen Highway-Smokeys kommt da keiner mit. Ich kenne keinen, der ihm das Wasser reichen könnte, wenn es darum geht, einem Truck das Leben zur Hölle zu machen.«

»Klingt ja interessant«, meinte John spöttisch. »Aber an Typen seines Schlages gewöhnt man sich mit der Zeit.«

Der junge Mann schüttelte energisch den Kopf. »Egghead-Judge fällt da aus dem Rahmen, Mann. Lassen Sie es sich gesagt sein. Donald Judge haßt Trucker wie der Teufel das Weihwasser.«

»Und warum?« wollte John McCallum wissen, fast ein wenig amüsiert über die Art, wie sich der junge Mann über diesen Egghead-Judge ereiferte.

»Es heißt, seine Frau hätte 'ne Schwäche für Diesel-Cowboys«, sagte der Tankgehilfe, und nun zeigte sich ein breites Grinsen auf seinem fülligen Gesicht, das Ölspuren trug. »Sie soll ihm Hörner aufsetzen und ihn regelmäßig mit Truckern betrügen.«

John erwiderte das Grinsen. »Tja, was soll man dazu sagen. Schätze, die Frau hat eben einen guten Geschmack, was die Wahl ihrer Liebhaber angeht«, sagte er leichthin. »Zu schade, daß er es so persönlich nimmt. Na, ich habe jedenfalls nicht vor, die Bekanntschaft von Mrs. Donald Judge zu machen. Habe da andere Pläne.« Er dachte an Brandy, die im Truckstop-Restaurant arbeitete. Hoffentlich war sie nicht gerade heute der Nachtschicht zugeteilt. Er wäre am liebsten geradewegs hinüber zum Restaurant gestiefelt, aber der Diesel strömte noch immer in den Tank, und er wollte auch nicht unfreundlich erscheinen. Und so hörte er zu, was der Gehilfe noch über Egghead-Judge zu berichten wußte.

»Der Eierkopf ist Polizeichef von Wilmington, einer Kleinstadt, zehn Meilen von hier«, fuhr der Tankgehilfe ungefragt fort, der offenbar darauf brannte, ihm auch nicht eine Information über diesen Smokey zu ersparen. »Eigentlich hat er hier ja gar nichts zu suchen. Aber es ist sein liebstes Hobby, sich auf Truckstops herumzutreiben und Truckern was ans Zeug zu flicken. Der Schweinehund heißt nicht nur Judge, sondern er benimmt sich auch so ... wie ein verdammter Schnellrichter aus dem Westen. Da, schau ihn dir an!«

John McCallum drehte sich um und blickte in die Richtung, in die der Gehilfe mit seiner öligen Hand wies.

Der zivile Streifenwagen, ein Buick, hatte vor einem weißen Peterbilt angehalten. Die Fahrertür flog auf, und Donald Judge stieg aus.

Der Spitzname Egghead war sehr zutreffend. Der Polizeichef hatte nämlich so viel Haare auf dem Kopf wie ein blankpoliertes Ei. Er war um die Fünfzig und von gedrungener, dicklicher Gestalt. Sein beachtlicher Bauch quoll über einen breiten Ledergürtel mit einer Schnalle, die fast so groß und schwer aussah wie ein Brandeisen für Rinder. Ein dichter Walroßbart, so buschig wie seine Augenbrauen, gab seinem rundlichen Gesicht einen negativen, grimmigen Ausdruck.

Egghead-Judge ging um den Truck herum, inspizierte die Nummernschilder, die am Kühlergrill befestigt waren, und prüfte dann das Profil von jedem einzelnen Reifen. Als er trotz bestem Willen nichts auszusetzen fand, schlug er mit seinem Schlagstock wütend gegen die Reifen und wandte seine Aufmerksamkeit dem nächsten Truck zu.

»Na, was habe ich gesagt?« fragte der Tankgehilfe voller Abscheu. John McCallum verzog geringschätzig das Gesicht. »Solche miesen Typen trifft man überall. Dafür braucht man nicht extra nach Shreveport kommen. Die Gegend um Chicago und an der Ostküste ist nicht gerade ein Zuckerschlecken, was Smokeys angeht.«

»Gehe jede Wette ein, daß Egghead-Judge bei 'nem Wettbewerb von miesen Bullen mit Abstand gewinnen würde«, versicherte der Tankgehilfe mit Nachdruck. »Dieses Stinktier schlägt so leicht keiner!«

John zuckte die Achseln. Bei ihm würde der Kerl nichts finden. »Dann wundert es mich nur, daß ihn noch keiner aus dem Verkehr gezogen hat, wenn er sich angeblich so unbeliebt gemacht hat . . .«

»Das wundert mich auch schon lange, aber der Tag kann nicht mehr weit sein. Gehe jede Wette ein, daß er schon sehr bald die Quittung für seine Gemeinheiten serviert bekommt und sein Fett abkriegt«, versicherte der Tankgehilfe. »Und dann gibt es 'n verdammt fröhliches Begräbnis, an dem 'ne Menge Trucker teilnehmen werden. Das wird hier das Ereignis sein.«

John zuckte nur die Achseln und bezahlte mit Kreditkarte. Sein Truck und seine Papiere waren in Ordnung. Und er hatte nicht die Absicht, sich mit diesem Bullen anzulegen. Er ahnte nicht, daß Egghead-Judge ihm schon bald das Leben zur Hölle machen würde.

5

Brandy Sheridan saß an der Kasse des Truckstop-Restaurants und blätterte einen Stapel Kassenbelege, als John eintrat. Kelly's war bei den Truckern, die auf der südlich Ost-West-Route fuhren, bekannt und beliebt wegen seiner Sauberkeit und seiner hervorragenden Küche.

Aber auch wenn das Essen nicht erstklassig gewesen wäre, hätten es sich die Trucker bestimmt nicht nehmen lassen, hier einen Stopp einzulegen. Brandy war Grund genug, um von der Interstate abzufahren.

John blieb unwillkürlich stehen und bewunderte sie aus der Entfernung. Himmel, er hatte gewußt, daß sie toll aussah, doch so umwerfend hatte er sie nicht in Erinnerung gehabt.

Sie war eine schwarzhaarige, rassige Schönheit mit einer Figur, die manchen Dallas-Star hätte vor Neid erblassen lassen. Aber ihre sinnlichen Proportionen waren es nicht allein, die sie zu solch einer Augenweide machte. Brandy hatte ein feingeschnittenes Gesicht, das mehr als nur bildhübsch war. Es war mehr als Schönheit, was ihre Züge so bemerkenswert machte. Das Besondere an ihr kam mehr noch aus dem Innern, als daß es nur auf Äußerlichkeiten beruhte. Sie besaß eine außergewöhnliche Ausstrahlung.

Er beobachtete sie einen Augenblick und fragte sich nun, warum er nicht schon eher nach Shreveport gekommen war. Es hätte sich machen lassen. Aber irgendwie war er davor zurückgeschreckt.

Warum?

Hatte er vielleicht insgeheim Angst, Brandy könnte diejenige sein, die es schaffte, seinem Junggesellenleben ein Ende zu bereiten und ihn an die Leine zu legen?

Wenn jemand das schaffen konnte, dann war sie es. Daran hegte er keinen Zweifel. Aber wer sagte denn, daß so etwas überhaupt in ihrer Absicht lag?

Er schob diese Gedanken beiseite und holte tief

Atem. Ein fröhliches Lächeln vertrieb den nachdenklichen Ausdruck von seinem Gesicht – und er ging auf sie zu.

»Hallo, Sweety!«

»Rebel!«

Brandy fiel fast von ihrem Hocker, als sie ihn erblickte. Dann stürzte sie hinter der Kassentheke hervor und flog ihm um den Hals. Ihr fester, kurvenreicher Körper preßte sich an ihn. Und mindestens ein Dutzend männlicher Augenpaare beobachteten die Szene mit unverhohlenem Neid.

»Hallo, Baby! Das nenn' ich eine Begrüßung ganz nach meinem Geschmack!« flüsterte er ihr ins Ohr. Ihre Nähe versetzte ihn augenblicklich in Erregung. Wie herrlich es war, ihren Körper zu spüren. Er konnte es gar nicht erwarten, mit ihr ganz allein zu sein. Brandy sah nicht nur sehr sinnlich aus, sondern war es auch – und verfügte zudem noch über eine stimulierende Fantasie.

Im nächsten Moment stieß sie ihn fast grob zurück und hielt ihn von sich. Ihre Augen funkelten wild. »Du elender Mistkerl!«

John McCallum lachte. »He, begrüßt man so einen guten alten Freund?« spottete er.

Ihre dunklen Augen blitzten ihn an. »Weißt du überhaupt, wie lange du nichts von dir hast hören lassen, du verdammter Dieselaffe?« fuhr sie ihn an.

Er legte den Kopf schief, als versuchte er ernsthaft zu überlegen. »Wenn mich mein Zeitgefühl nicht sehr täuscht, dann können schon ein paar Wochen vergangen sein, seit wir uns das letzte Mal . . .«

Aufgebracht fiel sie ihm ins Wort. »Wochen? Von wegen, Rebel!«

»He, nun schrei mal nicht gleich den halben Truckstop zusammen!« versuchte John ihren lautstarken Unmut so gut es ging zu bremsen und versuchte, sie wieder an sich zu ziehen und seine Arme um sie zu legen.

»Ich denke doch nicht daran, ruhig zu sein! Zwei Monate hast du weder von dir hören noch sehen lassen! Zwei verdammt lange Monate! Nicht mal einen lausigen Anruf war ich dir wert!«

»Du warst mir eben mehr wert als so ein unpersönliches Zehn-Minuten-Gelaber aus einer Telefonzelle, Sweety! Komm, sei nicht so grimmig!«

Sie holte laut hörbar Atem und stemmte die Fäuste in die Hüfte. »Du mit deinen zuckersüßen Sprüchen! Ich sollte dir die Augen auskratzen.«

John gab nichts auf ihren zornigen Vorwurf. »Nicht alle Highways führen geradewegs durch Shreveport, Brandy. Hatte in letzter Zeit leider eine Menge Fahrten im Norden und noch mehr Ärger, als du dir denken kannst. Aber wie du siehst, habe ich dich nicht vergessen.«

Brandy verzog das Gesicht, doch von ihrem Zorn auf sein monatelanges Fernbleiben und Schweigen war nun nicht mehr viel übrig. In seiner Nähe schmolz ihr Grimm dahin wie Butter in der Sonne – wie ernsthaft sie sich auch vorgenommen hatte, ihm das nächste Mal gehörig die Meinung zu sagen und sich nicht wieder von seinem Charme einwickeln zu lassen.

»Jede Frau, die so dumm ist, sich mit einem unabhängigen Trucker einzulassen, sollte sich auf ihre Zurechnungsfähigkeit untersuchen lassen.«

»Du bist so hübsch und temperamentvoll wie eh und je«, sagte John mit einem entwaffnenden Lächeln und drückte sie an sich. »Und du hast eben einen ungewöhnlich guten Geschmack, Brandy . . . fast so ungewöhnlich gut wie meiner, denn ich weiß verdammt gut, was ich an dir habe. Wir haben doch mehr als nur dieselbe Wellenlänge, Baby. Wenn du wüßtest, was mir die letzten Stunden in Gedanken an dich nur so durch den Kopf gegangen ist . . . Soll ich dir ein paar von den Geschichten, die ich mir unterwegs ausgedacht habe, erzählen?« raunte er ihr ins Ohr. »Du mußt mir aber vorher versprechen, daß du dabei nicht rot wirst.«

»Mach dich nur über mich lustig!« schmollte sie.

»Brandy, ich bin verrückt nach dir . . . Was ist daran so lustig?«

Sie seufzte, und ein Lächeln umspielte ihren vollen Mund, der so sanft und liebkosend sein konnte.

»Bist du gerade angekommen?«

»Ja, und mein erster Gang hat mich zu dir geführt«, sagte John McCallum, und seine gespreizte Hand fuhr liebevoll durch ihr volles schwarzes Haar, das sich wie Seide anfühlte.

Diese Antwort schien sie endgültig zu versöhnen. »Wieviel Zeit haben wir?« fragte sie und blickte unwillkürlich auf ihre Uhr.

»Mehr als gewöhnlich.«

»Also statt zwei Stunden einen ganzen Abend vielleicht?« fragte sie mit sanftem Spott.

Er lachte. »Nein, mehr als nur einen Abend.«

Ihre Augen leuchteten. »Wirklich? Du scheinst ja wirklich deinen ganzen Jahresurlaub nehmen zu wollen.« Eine Anspielung darauf, daß John schon von Urlaub sprach, wenn er mal einen Tag nicht hinter dem Steuer seines heißgeliebten Kenworth saß.

Er nickte. »Ich hab diesmal 'n bißchen Luft in meinem Plan. Hatte die letzten vier Tage eine Menge Glück auf dem Highway. Bin fast nur Konvoi gefahren und hab fast einen ganzen Tag rausgeschunden. Die Fracht wird erst übermorgen in Houston erwartet. Ich werde also einen Tag bleiben und erst morgen nacht weiterfahren. Kannst du da was einrichten?«

Sie strahlte. »Soll das ein Witz sein? Klar doch, daß ich was einrichten werde. Kein Problem. Ich nehm' mir frei. Eine Kollegin kann mich hier vertreten. Sie ist sowieso scharf darauf, mehr Stunden zu arbeiten als nur normale Schicht. Ich rufe sie gleich an. Sie wohnt drüben in der neuen Siedlung.«

»Prächtig.«

Brandy streckte die Hand aus. »Ich kann es kaum erwarten, John.«

John wußte, was sie wollte. Er gab ihr die Schlüssel für seinen Truck. »Ich auch nicht«, gab er leise zurück. »Wenn deine Vertretung hier ist, kannst du schon mal vorgehen. Bei mir wird es sowieso noch was dauern. Ich brauch' erst mal eine Dusche.«

»Beeil dich!« bat Brandy mit eindringlicher

Stimme, die auf einmal einen leicht heiseren Unterton hatte.

»Worauf du dich verlassen kannst!«

John klemmte sich seine Segeltuchtasche unter den Arm und begab sich in die modernen, blitzsauberen Duschräume des Truckstops, der zu den besten und gepflegtesten sowohl östlich als auch westlich des Mississippi gehörte.

Er stieg aus seinen verschwitzten Kleidern und stellte sich unter die Dusche. Heiß trommelten die Wasserstrahlen auf seinen gestählten, muskulösen Körper und sorgten dafür, daß sich seine verzerrten Muskeln entspannten.

Als er sich einseifte, wünschte er sich, er hätte Brandy mit in die Duschkabine bringen können. Er grinste bei dem Gedanken vor sich hin. Das wäre ein Heidenspaß geworden. Zwar eng, aber dafür sicherlich um so erregender.

Der Gedanke an Brandy und die Vorstellung, daß sie in der Schlafkabine seines Kenworth schon auf ihn wartete, ließen ihn nicht ins Trödeln kommen.

Schnell duschte er den Schaum von seinem Körper, frottierte sich ab und zog die frischen Sachen an, die er schon in der Segeltuchtasche mitgebracht hatte. Noch zwei, drei Spritzer Rasierwasser – und er stürmte aus den Duschräumen.

Brandy lag schon auf dem Bett in der 72-Inch-Schlafkabine der Firma Double Eagle, als John wenige Minuten später in seinen Kenworth stieg.

Er schlüpfte durch den Vorhang, der Schlafkabine und Fahrerhaus trennte. Der kleine, gedimmte Lichtstrahl eines Spotlights fiel auf das Bett mit den rauchgrauen Kissen und Laken.

Er hielt unwillkürlich den Atem an, als sein Blick auf Brandy fiel.

»Hallo, Cowboy!« sagte sie leise und mit einem verführerischen Lächeln. »Du hast mich lange warten lassen. Ich dachte, du hättest es dir schon anders überlegt und es vorgezogen, bei den anderen Trukkern in der Lounge zu sitzen und mit ihnen über Frachtraten zu reden.« Es klang vorwurfsvoll und schmollend, doch das Zwinkern ihrer Augen strafte ihre Worte Lügen.

John ließ die Segeltuchtasche fallen. »Mein Gott, dich sollte man nicht frei herumlaufen lassen«, stöhnte er. »Du bist ja eine Gefahr für jeden Mann!«

»Ich? Wo ich so schutzlos bin?« spottete sie.

Sie war bis auf ein winziges schwarzes Tangahöschen splitternackt. Der Strahler warf seinen hellen Schein auf ihre schweren, festen Brüste. Ihr Anblick machte seine Kehle ganz trocken. Erregung durchflutete ihn wie eine heiße Springflut.

»Himmel, du bist noch viel schöner, als ich dich in Erinnerung gehabt habe, Brandy«, sagte er und vermochte sich an ihr nicht satt zu sehen. »Du hast soviel hinter der Kasse eines Truckstop-Restaurants zu suchen wie Sue Allen in einer Putzkolonne.«

»Spar dir deine Sprüche fürs CB auf, Cowboy«, erwiderte sie. »Jetzt will ich wissen, wieviel Dampf du unter der Haube hast.«

»Das kannst du haben«, erwiderte er.

»Na, komm schon!« flüsterte sie und streckte die Hände nach ihm aus. Alles Scherzhafte war nun aus ihren Augen verschwunden, und an dessen Stelle war nun unverhohlenes Verlangen getreten.

Er setzte sich auf die Bettkante. »Jetzt verstehe ich nicht mehr, daß ich dich so lange habe warten lassen«, sagte er mit belegter Stimme, und seine Hand glitt über ihren jungen, makellosen Körper, der sich ihm ohne Scheu und Verlegenheit darbot.

Samtweich und glatt zugleich war ihre Haut, und seine Fingerspitzen liebkosten ihre Brüste und wanderten dann ohne Hast abwärts, über ihren flachen Bauch hinunter zu den langen schlanken Beinen. Unter dem dünnen Stoff ihres Höschens spürte er das weiche Kissen nachtschwarzer Haare.

Sie reckte sich ihm entgegen, schloß die Augen und genoß einen Augenblick seine Zärtlichkeiten. Dann setzte sie sich mit einem Seufzer auf und begann ihn auszuziehen.

Hemd, Hose und Unterwäsche fielen schnell zu Boden. Ein Schauer durchlief ihn, als sie sich vorbeugte und ihr warmer Mund sich auf seine Brust preßte.

Er stöhnte auf, als ihre Hände zielstrebig an seinem muskulösen Körper abwärtsglitten und umfaßten, wonach sie verlangten.

Lippen und Zunge folgten bald dem Weg ihrer Hände. Brandys Sinnlichkeit war wie ein Naturereignis. John ließ sich gern von ihr auf diese wild erregende Weise überwältigen. Ihr Zusammensein hatte ja gerade erst begonnen, und es gab viele Spielarten der Leidenschaft, die sie zusammen genießen würden, während draußen der Strom der ankommenden und abfahrenden Trucks kein Ende nahm.

6

»Ein besseres Motel als diese billige Vertreterbude hätten wir uns schon leisten können«, beschwerte sich Hank Macon, als er seinem Komplizen in das wenig einladende Zimmer folgte und dem verbeulten, blechernen Abfalleimer neben der Tür einen Tritt gab. Der Eimer flog durch das schäbige Zimmer mit den rissigen Tapeten, nikotingelben Vorhängen und durchgelegenen Betten und schepperte gegen ein Standbein der verkratzten Kommode, die bestenfalls auf dem Flohmarkt noch einen 5-Dollar-Interessenten gefunden hätte. Und der muffige, abgestandene Geruch, der im Zimmer hing, war ein Gemisch aus Schweiß, Bierdunst, Zigaretten, billigem Parfüm und Hoffnungslosigkeit.

Joe Colfax knallte die Tür hinter sich zu. »Reiß das Maul nicht so auf.«

»Ist doch wahr! Wir sind doch keine Klinkenputzer, die mit abgezähltem Dollar durch die Provinz tingeln!« meinte Hank, stieß die Tür zum Bad auf und verzog angewidert das Gesicht.

»Wenn du die Kiste gestern nicht zu Schrott gefahren hättest, wären wir jetzt schon fast in Kalifornien!« hielt Joe ihm vor. »Also halt gefälligst die

Schnauze. Für dicke Sprüche hast du wahrlich keinen Anlaß, Partner. Außerdem ist dieser Schuppen genau das Richtige für uns. Hier fallen wir nicht auf.«

»Du hättest den Truck auch nicht mehr rechtzeitig abbremsen können, Mann«, erwiderte Hank, klang jedoch längst nicht mehr so großmäulig wie vor dem Unfall. »Da war einfach nichts mehr zu machen.«

»Das hätte ich auch nicht nötig gehabt, weil ich erst gar nicht so schnell gefahren wäre!« konterte Joe und mußte an sich halten, um nicht wieder zu explodieren. Es gab schon so genug Reibungsflächen zwischen ihnen. Und wenn er ihn am liebsten auch zur Hölle gewünscht hätte, so mußte er doch vernünftig sein und sich immer wieder vor Augen halten, daß sie zusammen einen Job erledigen mußten. Was dann kam, war eine andere Sache. Eines war jedoch jetzt schon todsicher: Mit Hank würde er nicht noch einmal auf Tour gehen, und wenn Panama-Jack ihm das Doppelte zahlen würde – was glücklicherweise aber auch nicht sehr wahrscheinlich war. Ein Hitzkopf wie Hank hatte in ihrer Organisation keine Chance.

»He, Mann . . .«

»Versuch dich gar nicht herausreden zu wollen. Es war reinster Schwachsinn, bei dem Wetter so über die Landstraße zu jagen!«

»Okay, okay, das haben wir jetzt schon zehnmal durchgekaut«, brummte Hank, ohne diesmal jedoch allzuviel Aggressivität in seine Stimme zu legen. Er wußte, daß er sich einen verdammt schweren Patzer geleistet hatte und in Zukunft höllisch aufpassen mußte, um diese Schlappe wieder wettzumachen. Er würde sich irgend etwas einfallen lassen müssen, das den Crash ausglich. Am besten wäre es, wenn es ihm noch vor Ende dieses Trips irgendwie gelänge, Joe in seiner Schuld stehen zu lassen, damit er ihn nicht beim Boß anzuschwärzen wagte. Wenn ihm da doch nur etwas einfiel. Aber glücklicherweise war es bis nach San Diego noch ein gutes Stück hin. Kein Grund, schon jetzt den Kopf hängen zu lassen.

»Ich dränge mich nicht danach, ständig darüber zu reden. Aber wenn du mit so blöden Einwänden kommst . . .« Joe hämmerte mit der Faust gegen den alten Fernseher, dessen Bildqualität sehr zu wünschen übrig ließ.

»Es ist ja weiter nichts passiert. Wir organisieren uns eben 'nen neuen Truck. Wird nicht viel schwieriger sein als beim ersten Mal. Weiß eigentlich gar nicht, weshalb wir uns überhaupt ein Motelzimmer genommen haben, statt schon uns sofort 'nen Truck zu krallen.« Joe hatte eine giftige Erwiderung auf der Zunge, hielt sie aber zurück. Es brachte nichts, wenn sie sich in die Haare gerieten. Sie hatten einen Job zu erledigen. Später war noch Zeit genug, Panama-Jack dazu zu bringen, Hank auf die Straße zu setzen.

Sie konnten von Glück reden, daß sie so glimpflich davongekommen waren. Zwei Stunden waren sie im strömenden Regen marschiert. In Holly Ridge hatten sie dann einen unauffälligen Honda aufgebrochen und kurzgeschlossen. Sie waren damit bis Monroe gefahren, hatten ihn dort auf einer großen

Einkaufsplaza abgestellt und sich einen Mietwagen genommen. Führerschein und Kreditkarte, die Joe vorgelegt hatte, waren natürlich gefälscht gewesen.

»Alles zu seiner Zeit.«

»He, laß den Sender dran!« rief Hank, als Joe die mehr als zwanzig Sender durchorgelte und ein Programm erwischte, das sich *The Price Is Right* nannte.

Joe verzog nur geringschätzig das Gesicht, schaltete jedoch nicht um. Hank warf sich auf das Bett und steckte sich eine Zigarette an, während er die schwachsinnige Show im Fernsehen verfolgte, bei der es darum ging, den richtigen Ladenpreis von Waschmitteln, Hundefutter oder einer Dreierpakkung Unterhosen zu erraten. Dem Gewinner winkten jedoch alles andere als schwachsinnige Preise, sondern Zehntausende von Dollar. *The Price Is Right* gehörte zu Hanks liebsten TV-Rate-Shows.

Joe griff zum Telefon und wählte eine Nummer in San Diego. Schon nach dem zweiten Klingelzeichen wurde an der Westküste abgenommen.

»Ja?« fragte eine dunkle Stimme knapp. Eine gute Portion Unfreundlichkeit schwang in der Stimme mit, als wollte der Mann am anderen Ende der Leitung jeden Anrufer von vornherein einschüchtern.

Die Verbindung war nicht sehr gut. Atmosphärisches Rauschen drang aus dem Hörer. Doch Joe glaubte zu wissen, mit wem er da sprach, nämlich mit dem Mann, der dem Boß am nächsten stand.

»Bist du's, Frank? Hier Joe.«

»Hi, Joe. Wo steckt ihr?« Franks Stimme klang sofort um etliches freundlicher.

Joe zögerte und spürte Hanks Blick. Er würde aufpassen müssen, was er sagte. »Noch in Louisiana, an der Grenze nach Texas.«

»Wo genau?«

»In einem Kaff namens Wilmington.« Und nach kurzem Zögern fügte er schließlich hinzu: »Es hat da ein paar Probleme gegeben.«

»Probleme?« fragte Frank gedehnt nach.

»Ja.«

»Dieses Wort aus deinem Mund habe ich aber noch nie gehört!« sagte Frank kühl.

»Ich kann's nicht ändern.«

»Das wird Panama-Jack nicht gern hören, Joe«, sagte Frank mit warnendem Unterton.

»Ich werd' selber mit ihm sprechen.«

»Nicht möglich, Joe. Der Boß ist drüben.« Drüben, das war für einen Bewohner von San Diego Mexiko.

»Wann ist er wieder zurück?«

»Du weißt, daß man das nie so genau voraussagen kann. Aber ich gehe jede Wette ein, daß er nicht vor Mitternacht zurück ist.«

»Mist.«

»Was ist denn überhaupt passiert?« wollte Frank nun wissen.

Joe ging gar nicht darauf ein. »Also Mitternacht Ortszeit San Diego. Okay, sag ihm, wir werden noch ein paar Tage länger brauchen.«

»Das wird ihm verdammt wenig schmecken, Joe.«

»Ich weiß.«

»Die Kiste ist schon verkauft, und Carlos wartet drüben schon auf die Ware.«

»Du sagst mir damit nichts Neues, Frank. Aber ich kann nun mal nicht zaubern.«

»Carlos baut ganz fest darauf . . .«

Joe brauste auf. »Verdammt noch mal, dann wird er eben noch ein, zwei Tage länger warten müssen«, fiel Joe ihm ins Wort und stand kurz davor, Frank reinen Wein einzuschenken. Es kostete ihn große Beherrschung, diesem Verlangen nicht nachzugeben, sondern sich mit einer Notlüge herauszureden. »Wir mußten das Gespann zurücklassen . . . hatten einen schweren Motorschaden.« Und sarkastisch fügte er hinzu: »Als wir uns den Wagen ›zulegten‹, hatten wir leider keine Zeit, um die Maschine gründlich auf Herz und Nieren zu prüfen. Manchmal ist eben wirklich nicht alles Gold, was glänzt.«

»Okay, okay«, sagte Frank beschwichtigend. »Nun geh mal nicht gleich auf zweihundert.«

Hank hatte Mühe, nicht einen Seufzer der Erleichterung von sich zu geben.

»Wir beschaffen einen neuen Kühlzug, aber das dauert natürlich was . . . müssen erst einmal was Geeignetes finden. So 'n 5-Achser aufzureißen ist nun mal nicht so einfach zu organisieren wie 'n Caddy.«

»Gut, ich werd's Panama-Jack ausrichten.«

»Hör mal, ich ruf' später noch mal an, wenn der Boß zurück ist.«

»In Ordnung. He, wie kommst du überhaupt mit

dem Neuen zurecht, diesem Hank?« wollte Frank wissen.

Joe verzog das Gesicht. »Prächtig, Frank, ganz prächtig.«

7

Donnernd sprang der Motor des Kenworth an. John McCallum ließ ihn ein paar Minuten laufen, kontrollierte alle Anzeigen und kurbelte das Seitenfenster herunter. Das CB-Gerät ließ er erst einmal ausgeschaltet. Er verspürte kein Verlangen danach, das chaotische und oftmals auch reichlich vulgäre Gequatsche mit anzuhören, das in der Nähe eines großen Truckstops auf den CB-Kanälen zu hören war.

Nachdem der Motor warmgelaufen und der richtige Druck aufgebaut war, legte er den sechsten Gang ein und fuhr aus der langen Reihe geparkter Lastzüge.

»Wollen wir irgendwo was essen oder gleich zu dir fahren?« fragte er und blickte sich kurz zu Brandy um.

Brandy saß auf der Schlafkoje und knöpfte sich gerade den BH zu. Sie lächelte ihn an. Ein sanfter rötlicher Schimmer schien ihr Gesicht zu überziehen, als würde sie noch immer innerlich glühen, und dieses Gefühl hatte sie auch wirklich. Sie fühlte sich entspannt von den Zehen bis in die Kopfhaut und von wohliger Wärme erfüllt.

»Fahren wir doch besser zu mir, John. Ich kann uns ein paar Steaks in die Pfanne hauen. Es war ein reichlich anstrengender Tag ... schon bevor du aufgetaucht bist und mich von deinen Qualitäten fern des Trucksteuers überzeugt hast – und von deiner Standhaftigkeit.« Sie lächelte und griff nach ihrer Bluse. Er grinste. »Ich habe nur versucht, dir in nichts nachzustehen.«

»Keine Sorge, das hast du auch nicht. Ganz im Gegenteil. Ich muß mich jetzt erst mal von deiner stürmischen Leidenschaft erholen.«

»Gerade eben kamst du mir aber ganz und gar nicht erschöpft vor. Im Gegenteil.«

Sie lachte unbeschwert auf. »Immerhin hatte ich einiges nachzuholen, Cowboy. Außerdem warst du ja auch gar nicht zu stoppen ... und ich hatte dagegen auch nichts einzuwenden, um ehrlich zu sein.«

Er fiel in ihr Lachen ein und passierte die Ausfahrt des Truckstops. Brandy wohnte ziemlich einsam draußen auf dem Land, ein paar Meilen vor Wilmington, und er kannte die Strecke bestens.

Die Sonne war schon hinter den Horizont gesunken und die Nacht nicht mehr weit. Zwielicht lag über dem fruchtbaren Land, das von zahlreichen Sümpfen und Flußläufen durchzogen war. Zu beiden Seiten der einsamen Landstraße stand hoher Wald und wucherte üppige Vegetation.

Brandy schlüpfte in ihren Rock, zog den Reißverschluß hoch und kam aus dem Double-Eagle-Sleeper zu ihm nach vorn ins Fahrerhaus. Sie machte es sich auf dem Beifahrersitz bequem.

»Stell doch das Radio an und such uns einen guten Sender«, bat John.

»Country Music?«

»Gibt es denn noch andere gute Musik?« scherzte er, indem er sich ganz verwundert gab.

»Es soll wirklich noch was anderes geben.«

»Halte ich für ein Gerücht.«

»Also gut, Country Music für unseren Asphalt-Cowboy«, sagte Brandy gutgelaunt und stellte Station KWKH ein, den Country-Radiosender von Shreveport. Larry Scott, der Disjockey des Jahres, war am Mike und ließ zwischen den Songs seine flotten Sprüche vom Stapel.

»Verdammt einsame Gegend«, meinte John, als er auf eine schmale Landstraße abbog. Weit und breit war kein anderes Auto zu sehen.

»Werd' hier auch nicht lange mehr bleiben«, gestand Brandy versonnen.

»Du willst Shreveport den Rücken kehren?«

»Wird Zeit, daß ich meine paar Sachen packe und einen Ortswechsel vornehme. Bin jetzt lange genug in dieser Gegend gewesen.«

John war nicht überrascht, das von ihr zu hören, war sie doch genauso rastlos wie er. »Und wohin? Hast du schon eine Ahnung?«

»Westküste«, sagte Brandy ohne lange zu zögern.

»Gibt üblere Landstriche«, räumte er ein.

»Kalifornien ist schon immer mein Traum gewesen. Einmal in San Francisco leben. Jetzt werde ich den Traum endlich in die Tat umsetzen.«

»Ein verdammt teures Pflaster, und die Jobs sind da auch nicht mehr so leicht zu finden wie noch vor fünf, sechs Jahren.«

»Ach, ich werde schon was finden«, erwiderte sie überzeugt von ihrer Fähigkeit, sich überall zurechtzufinden und sich durchzuschlagen.

»He, schau dir mal das an!« rief John erstaunt, als er aus einer Kurve kam, hochschaltete und vor sich einen schweren Truck sah, der ein New Yorker Kennzeichen am Anhänger hatte.

Die Zugmaschine war ein brandneuer grauer Volvo/White Conventional mit Dachspoiler und vielen Extras. Daß er frisch aus der Fertigungshalle kam und noch nicht lange über Asphalt rollte, sah man an den weichen, abgerundeten Konturen. Die älteren Modelle waren so wuchtig und kantig wie der Kenworth W 900. Der neue Volvo-White war erst seit kurzem auf dem Markt.

»Zwei Trucks auf dieser Straße, das ist ja fast schon ein richtiger Verkehrsstau«, spottete Brandy.

»Der Bursche fährt so, als hätte er genau das vor«, brummte John ungehalten.

Der Lastzug vor ihnen fuhr keine 40 Meilen, und er mußte abbremsen und herunterschalten. Dann griff er zum CB-Mike. »He, Yankee, kannst du mich hören? Hier spricht Rebel. Ich sitze dir mit meinem Ken im Nacken. Wirf einen Blick in deine Spiegel!«

»Ich krieg' dich klar und deutlich rein, Rebel ... sowohl im CB als auch in meinen Seitenspiegeln.«

»Na prächtig, daß wenigstens dein CB funktioniert

– ganz im Gegensatz zu deiner Kaffeemühle, die du Motor nennst.«

»Wie meinst du das?«

»Du ziehst ja im Kriechgang hier lang, Yankee.«

»Das läßt sich ändern.« Der New Yorker Truck gab mehr Gas.

»Schon besser so«, sagte John ins CB. »Kannst du mir mal verraten, was ein City Boy wie du hier am Arsch von Louisiana verloren hat?«

»Euch Hinterwäldlern die Segnungen der Zivilisation bringen, Rebel«, drang die spöttische, fröhliche Antwort aus dem CB-Lautsprecher.

»Und was sind das für Segnungen, die du auf der Achse hast und im Schleichtempo durch die Gegend kutschierst, Yankee?«

»Neunzehn Tonnen Toilettenpapier!«

Brandy lachte schallend. »Der Typ ist in Ordnung. Den seift so schnell keiner ein.«

»Leck mich doch kreuzweise«, sagte Joe fröhlich, der diesen flapsigen Wortwechsel genoß, und drückte wieder die Sprechtaste. »Daß ihr Yankees 'ne schnelle Lippe habt, ist ja bekannt, City Boy . . .«

»Mein Code ist nicht City Boy, Hillbilly«, konterte der Nordstaatler schlagfertig, »sondern schlicht und ergreifend Big Apple.«

Big Apple – so nannten die New Yorker ihre Weltmetropole. Manche Zyniker bemerkten dazu, daß dieser Große Apfel leider innen völlig verdorben und von Maden zerfressen war.

»Ten-four«, bestätigte John mit einem breiten Grinsen. »Also, Big Apple, bring deinen polierten

Klopapiertransporter mal ein bißchen auf die Seite, damit ich von der Stelle komme. Wenn ich noch länger deine Rücklichter sehe, fallen mir noch die Augen zu. Bei deinem Tempo bist du 'n Schlafmittel auf achtzehn Rädern. Also, mach Platz!«

John McCallum schlug das Steuer nach links ein, trat das Gaspedal durch und begann Big Apple zu überholen. Zumindest war das seine Absicht.

Doch der Yankee im Volvo-White spielte nicht mit. »Bist du auch sicher, daß du weißt, wie man einen anständigen Truck auf so 'ner schmalen Piste überholt, Rebel?«

»Mach die Augen auf, Big Apple. Du wirst nicht lange Gelegenheit haben, meine Ladeklappe zu sehen.«

Als John mit ihm fast gleichgezogen hatte, trat Big Apple das Gaspedal nun auch voll bis zum Boden durch. Schwarze Dieselwolken quollen über dem Fahrerhaus aus den polierten, silbrigen Auspuffrohren.

»Ist das alles, was du aus deinem Oldtimer herausholen kannst, Rebel?« schepperte die belustigte Stimme von Big Apple aus dem CB.

»Warte es nur ab!« bellte John ins Mike.

»Sag mir Bescheid, wenn dir die Puste ausgeht, Rebel«, spottete der Yankee. »Ich gönn' dir dann in meinem Windschatten eine Atempause.«

John McCallum blickte zu seinem Kollegen hinüber. Der Mann hinter dem Steuer war etwa in seinem Alter, so Mitte Dreißig. Doch im Gegensatz zu ihm trug er sein dunkles Haar kurzgeschnitten. Das

Gesicht, das sich ihm zuwandte, wies scharfgeschnittene Züge, eine energische Mundpartie und sympathische Augen auf. Der Trucker trug ein weißes T-Shirt. Und wenn John sich nicht täuschte, prangte ein roter Apfel mitten auf der Brust. Ein metallener, handgroßer Apfel, aus dem eine Ecke herausgebissen und der von rotgoldener Farbe war, zierte auch vorn die Motorhaube des grauen Volvo-White.

»Du hast ihn herausgefordert!« sagte Brandy vorwurfsvoll. »Jetzt hast du den Salat.«

»Pah! Den putz' ich vom Asphalt und geb' ihm eine saftige Ladung Staub zu schlucken!« knurrte John McCallum, beugte sich über Brandy zum Beifahrerfenster hinüber und brüllte: »Du schaffst mich nicht, Big A!«

»Fünfzig Bucks, daß du auf den nächsten beiden Meilen nicht an mir vorbeikommst!« bot Big Apple ihm über CB eine Wette an.

»Top!« nahm John ohne zu zögern an.

»Ihr seid verrückt!« rief Brandy. »Was ist, wenn uns ein Wagen entgegenkommt? Eure beiden Trucks nehmen die gesamte Straßenbreite ein. Noch nicht einmal ein Motorradfahrer könnte sich an euch vorbeiquetschen. Wer euch in die Quere kommt, landet zwangsläufig im Graben!«

»Wer soll uns hier schon entgegenkommen?« fragte er unbeschwert zurück und holte das letzte aus dem Kenworth heraus.

»Zwei Meilen!« Brandy klang nun wirklich besorgt. »Dabei könnt ihr die Straße bestenfalls eine halbe Meile weit überblicken! Mein Gott, nimm Vernunft an, Rebel! Was ihr da macht, ist ein höllisch riskantes Spiel. Außerdem ist hier absolutes Überholverbot!«

»Meine Bremsen sind okay«, beruhigte er sie. »Falls doch jemand auftaucht, habe ich Zeit genug, um mich wieder hinter den Yankee einzufädeln. Sei ganz beruhigt . . .«

»Himmel, ich bin das genaue Gegenteil!« stöhnte Brandy.

John stieß einen Freudenschrei aus, als er feststellte, daß sich sein 18-Wheeler vom Volvo-White abzusetzen begann. Sein Kühler lag schon gut einen Meter vor dem Konkurrenten.

»Halt schon mal den Fünfziger bereit, Big Apple!« rief er triumphierend ins Mike.

»John!« schrie Brandy auf. »Ein Wagen!«

»Mist!« fluchte John, als er den Wagen sah, der über die Kuppe einer sanften Anhöhe kam. Die Entfernung betrug noch mehrere hundert Meter. Er hatte also noch Zeit genug, um abzubremsen und sich wieder hinter Big Apple einzuordnen.

Er wollte schon auf die Bremse steigen, als er den Wagen wiedererkannte. Es war ein weinroter Buick mit einem weißen Dach!

Egghead-Jugde!

Der Truckerhasser!

Die Gedanken jagten sich hinter seiner Stirn.

»Vergiß die Wette, Partner!« meldete sich Big Apple in diesem Moment. »Laß dich zurückfallen!«

»Geht nicht mehr, Big A!« brüllte John hastig ins Handmike. »Das ist ein Bulle, der uns da entgegenkommt! Wenn er uns packt, wandern wir beide ins Jail und verrotten da bis zum Jüngsten Tag!«

»Was willst du tun?«

»Bleib, wo du bist! Geh nicht vom Gas! Schalte dein Fernlicht ein . . . und bete, daß wir damit durchkommen!« schrie John ins Mike und ließ es dann einfach los. Es pendelte an der Spiralkabel hin und her.

»Was hast du vor?« stieß Brandy erschrocken hervor.

»Ihn in den Graben schicken. Das ist Egghead-Jugde!«

Zu weiteren Erklärungen kam John McCallum nicht mehr. Donald Jugde hatte seine Sirene und die roten Blinkleuchten eingeschaltet, die hinter dem Kühlergrill versteckt waren.

»Die sind reif!« stieß der Polizeichef mit grimmiger Genugtuung hervor, als er die beiden Trucks über die Landstraße donnern sah. Geschwindigkeitsübertretung und Nichtbeachtung des Überholverbots! Er würde die Dreckskerle einlochen!

Doch die Trucker gingen nicht vom Gas, und der Bursche auf der Gegenfahrbahn machte keine Anstalten, den Überholvorgang abzubrechen. Mit voll aufgeblendetem Fernlicht rasten die beiden Trucks auf seinen weinroten Buick zu.

»Verdammt noch mal, warum gehen sie nicht vom Gas?« murmelte er wütend. »Die müssen doch längst gesehen haben, daß ich . . .« Er brach mitten im Satz ab, als ihm dämmerte, was ihn erwartete.

Als Donald Jugde erkannte, daß keiner der beiden Trucker vorhatte, abzubremsen und rechts ranzufahren, war es für ihn schon zu spät, um noch zu drehen oder sich mit einem Sprung aus dem Wagen zu retten.

»Verfluchte Dreckskerle!«

Todesangst packte ihn. Bei einem Frontalzusammenstoß würde von ihm nicht mehr viel übrigbleiben. Die Lastzüge würden ihn plattwalzen.

Doch wie sollte er ihnen ausweichen?

Er bremste scharf, wußte im nächsten Augenblick jedoch, daß es unsinnig war. Ehe er den Wagen zum Stehen gebracht und gewendet hatte, würden ihn die dröhnenden Ungetüme erreicht und zerquetscht haben.

Die letzten zwei, drei Sekunden vor dem scheinbar unaufhaltsamen Zusammenstoß vergingen wie in Zeitlupe. Donald Jugde blinzelte geblendet in das gleißende Licht von vier Truckleuchten, sah jenseits dieser Helle nur blitzenden Chrom und vage Trailerumrisse und hatte das Gefühl, von stählernen Monstern angegriffen zu werden. Er suchte nach einer Fluchtmöglichkeit.

Es blieb ihm nur der Straßengraben.

Die Trucks waren jetzt so nahe, daß er nichts als grellen Lichtschein sah. Er hörte das Dröhnen der schweren Motoren und hatte das Gefühl, die Straße würde unter der Kraft der sechshundert, siebenhundert PS vibrieren.

»Neiiiiin!« brüllte er, riß das Steuer scharf nach rechts und trat das Gaspedal voll durch. Der Buick schoß von der Straße, hinunter in den mindestens zwei Meter tiefen, sumpfigen Graben.

Der Truck, der ihm auf seiner Fahrbahn entgegengekommen war, erwischte ihn in letzter Sekunde noch hinten links am Heck.

Donald Jugde hörte ein scharfes, ratschendes Geräusch und spürte in der Lenkung, wie der Buick herumgerissen wurde. Im nächsten Moment bohrte sich die Schnauze seines Wagens in den Morast. Die Motorhaube flog auf. Eine Säule heißen Wasserdampfes schoß wie ein Geysir aus einem Riß im Kühler. Und die Sirene heulte noch immer.

Benommen stieß Donald Jugde die Wagentür auf, taumelte aus dem Wagen und versank gleich bis über die Knöchel im sumpfigen Boden.

Die beiden Trucks waren nur noch schemenhafte Silhouetten. Beide hatten ihre Lichter ausgeschaltet, als sie den Polizeiwagen passiert hatten.

Sein Gesicht war eine Maske des Hasses. Er würde dafür sorgen, daß sie wegen versuchten Mordes im Gefängnis landeten! Doch mußte er sie zuerst einmal schnappen.

Er riß das Mike des Funksprechgeräts aus der Halterung und brüllte seine Befehle hinein. »Ja, Straßensperren! Du hast ganz richtig gehört, Glenn! Zwei Trucker wollten mich umlegen! . . . Nein, eine genaue Beschreibung habe ich nicht. Aber einer der beiden Trucks muß vorne links 'ne Beule an der Stoßstange haben. Der Schweinehund hat mir damit den halben Kofferraum weggerissen! Aber den krieg' ich! Und dann gnade ihnen Gott!«

»He, Rebel«, meldete sich Big Apple. »Ich schätze, wir sitzen ganz schwer in der Tinte.«

»Worauf du deinen Bock verwetten kannst!« bestätigte John. »Das war Egghead-Jugde, der einen persönlichen Feldzug gegen die Trucker führt. Wenn er uns in die Hände bekommt, haben wir die längste Zeit Diesel gerochen.«

»Müssen uns eben beeilen, daß wir aus dieser Gegend verschwinden.«

»Keine Chance.«

»Meinst du, der hat unsere Nummernschilder oder sonst irgendwelche Einzelheiten erkennen können, Rebel?«

»Nicht sehr wahrscheinlich, aber möglich. Auf jeden Fall kommen wir nicht mehr zur Interstate zurück. Bestimmt hat er jetzt schon Anweisungen gegeben, Straßensperren zu errichten.«

»Dann sitzen wir in der Falle!«

»Nein, es gibt eine Möglichkeit, ihm ein Schnippchen zu schlagen«, meldete sich Brandy nun zu Wort.

John warf ihr einen überraschten Blick zu. »Und wie?«

»Ich kenne hier ein paar Schleichwege – und ein Versteck für euch, bis die Straßensperren aufgehoben sind. Bei Big Mäc seid ihr sicher.«

John sah sie verwirrt an. »Wer ist Big Mäc?«

»Später! Er hat für euch jedenfalls ein sicheres Versteck und kann auch dafür sorgen, daß deine Stoßstange morgen wieder wie neu aussieht.«

John sah sie halb skeptisch, halb hoffnungsvoll an.

»Ein richtiges Versteck für zwei ausgewachsene 18-Wheeler?« fragte er.

»Ja, da ist Platz genug für eure Kisten«, versicherte Brandy. »Und so schnell stöbert euch Egghead-Judge dort nicht auf.«

»Brandy, das wäre für uns jetzt fast so gut wie ein Jackpot in Las Vegas!« rief John und griff sofort zum CB-Mike. »He, Yankee. Mein Sweetheart kennt hier in der Nähe ein Versteck, wo wir erst einmal unterkriechen können, bis der Sheriff sich wieder beruhigt hat. Hast du Lust, uns dort Gesellschaft zu leisten? Oder willst du versuchen, dich allein durchzuschlagen?«

»Wie sehen denn meine Chancen aus, ungeschoren aus dieser Gegend zu kommen?« fragte Big Apple. »So beschissen schlecht, daß ich darauf noch nicht einmal meinen Putzlappen verwetten würde«, antwortete John, während Brandy zustimmend nickte. »Der Sheriff wird Himmel und Hölle in Bewegung setzen, um uns zu schnappen. Und ein 18-Wheeler ist nun mal kein Tretroller, den man im nächsten Gebüsch verstecken könnte.«

»Du sagst mir damit nichts Neues.«

»Um so besser. Also, wie sieht es aus, Yankee? Willst du dich uns anschließen?«

»Ist vielleicht wirklich besser, wenn ich jetzt doch eine Zwangspause einlege«, lautete Big Apples Antwort.

»Gut. Dann bleib hinter mir.« Er trat das Gaspedal voll durch und holte alles aus der Maschine heraus. Jetzt kam es auf jede Minute an.

»Okay, Rebel, ich bin mit allem einverstanden, wenn ich nur meinen Hals, meine Fahrerlizenz und meinen Truck retten kann«, erwiderte Big Apple.

»Da vorn geht es rechts ab«, sagte Brandy und wies auf einen mächtigen Baum mit ausladender Krone, der hinter der Kurve im Scheinwerferlicht rechts am Straßenrand aufgetaucht war.

»Und da soll ein Weg abzweigen?« fragte John. »Ich sehe nichts als Dickicht.«

»Keine Sorge, da ist ein Weg«, versicherte Brandy. »Nicht sehr breit, aber bestimmt breit genug. Hast du vielleicht einen sechsspurigen Highway erwartet?«

»Schon gut, Brandy.

John schaltete herunter und bog auf den schmalen, holprigen Weg ein. Es war eine ausgewaschene Sandpiste, die durch sumpfiges Gelände führte. Einladend sah es wahrlich nicht aus. Das Scheinwerferlicht glitt über dunkles, modriges Wasser. Und durch die geöffneten Fenster drang der Geruch von Fäulnis zu ihnen in die Fahrerkabine. Er hatte ein ungutes Gefühl, doch wenn er an Egghead-Judge dachte, der mit seinem demolierten Wagen im Straßengraben lag, dann erschien ihm das hier halb so schlimm . . . im Vergleich zu dem, was ihnen blühte, falls der Sheriff sie faßte.

»Hoffentlich weißt du auch, wohin du uns führst«, brummte Rebel.

»Ich glaube, wir sind hier richtig.« Ein fröhliches Lächeln zuckte um Brandys Mundwinkel.

»Du glaubst? Mach mich nicht schwach! Wenn du dich geirrt hast, stecken wir fest – und zwar im wahrsten Sinne des Wortes! Hier kann ich nicht wenden!«

»Reg dich ab. Wir sind goldrichtig. Seit wann bringt dich eine kleine Sumpftour aus der Ruhe, Cowboy?« spottete Brandy.

»Seit dieser Mistkerl von einem Sheriff im Graben gelandet ist!« knurrte John.

»Gebt mir rechtzeitig Bescheid, wenn es Zeit wird, die Schwimmweste anzulegen«, spottete Big Apple, dem die Fahrt durch diese morastige Gegend auch nicht ganz geheuer war. »Ich hör ja schon das Plätschern des Wassers. Seid ihr euch auch sicher, daß ihr den Weg nicht mit einer Wasserstraße verwechselt habt?«

»Nein, Yankee!«

»Prächtig!«

John hatte mächtig Sorge, in diesem morastigen Gelände steckenzubleiben. Er spürte deutlich, wie der weiche Boden unter dem Gewicht des Trucks nachgab. »Bist du dir auch sicher, daß wir mit unseren Trucks hier nicht einsacken, Brandy?«

»Nein«, antwortete Brandy gelassen. »Es ist für mich auch das erste Mal, daß ich hier in einem Truck langfahre.«

»Himmel, du hast 'ne merkwürdige Art, einem Hoffnung zu machen!« stöhnte er. »Steck mir mal eine Zigarette an. Ich hab jetzt keine Hand frei.«

»Egghead-Judge wird überall nach euch suchen, John, nur hier nicht. Daß hier ein Truck durchkommt, hält er garantiert nicht für möglich. Darum sind wir hier sicher.«

Sie griff zur Zigarettenschachtel und steckte zwei Zigaretten in Brand. Eine schob sie John zwischen die vor Anspannung zusammengepreßten Lippen.

»Ja, vielleicht sogar gezwungenermaßen bis zum Jüngsten Tag«, brummte John McCallum. »Der Teufel mag wissen, warum ich mich auf diese blödsinnige Wettfahrt eingelassen habe.«

Brandy lachte. »Weil du es auf den Tod nicht ausstehen kannst, wenn dir ein Nordstaatler die Rücklichter zeigen will!«

»Da ist was dran.« Er seufzte.

Die Dunkelheit war nun endgültig hereingebrochen, und die Scheinwerfer tanzten über den sumpfigen Boden. Wasser spritzte zu beiden Seiten der Räder weg. Und mehrmals drohten sie im Morast steckenzubleiben. Die Räder gruben sich tief ein, drehten auch einige Male durch, packten jedoch immer wieder härteren Grund. Den beiden Truckern rann der Schweiß nur so über das Gesicht – und daran waren nicht die hohen Temperaturen schuld.

»Hätte ich gewußt, was das für eine Sumpftour ist, ich hätte dem Sheriff vielleicht doch in die Augen geblickt«, stöhnte Big Apple, als sein Truck in einer Kurve ins Schlingern geraten war und mit den Hinterrädern einen am Wegrand liegenden Baumstamm gestreift hatte. Wäre der Hänger ein wenig weiter weggerutscht, wäre er daran wahrscheinlich hängengeblieben.

Brandy griff zum CB. »Wir haben das Schlimmste hinter uns, Yankee. Noch ein paar Minuten, und die Schwitztour ist ausgestanden.«

»Ja, so oder so«, schepperte Big Apples Stimme aus dem CB-Gerät.

»Kannst du mir mal verraten, wo wir uns überhaupt befinden, Brandy?« fragte John und atmete erleichtert auf, als der Boden nun spürbar anstieg und immer weniger sumpfige Stellen aufwies. Sie hatte offenbar wirklich nicht übertrieben. Das Schlimmste lag wohl hinter ihnen, und er fand die Zeit, sich mit dem Handrücken über die schweißnasse Stirn zu fahren.

»Ganz in der Nähe vom Blackwater River.«

»Und wer ist dieser Big Mäc, zu dem du uns da bringst?« wollte John wissen.

»Mit richtigem Namen heißt er Jamie Robinson. Doch jeder ruft ihn nur Big Mäc, weil er praktisch von diesen Dingern lebt.«

»Das muß ja eine Type sein.«

»Er ist ein Kollege von dir, John.«

»Ein Trucker?«

»Ja, er fährt einen uralten Peterbilt und zieht einen Tieflader.«

»Aber doch nicht in diesem elenden Sumpf!« wandte John ein.

Brandy lachte. »Nein, hier frönt Big Mäc seinem ganz besonderen Hobby.«

»Kannst du mir mal verraten, welch einem Hobby man in dieser gottverdammten Sumpfgegend frönen könnte?« fragte John verdutzt. »Vielleicht Sumpfhühner schießen.«

»Nein. Big Mäc bastelt Schlamm-Buggies und testet sie gleich hier an Ort und Stelle.«

John McCallum stöhnte auf. »Ein Schlamm-Freak! Himmel, das wird ja noch schöner. Du schickst uns mit unseren Trucks über eine Piste, die eine Teststrecke für Schlamm-Buggies ist. Mich laust der Affe.«

»Das hier ist noch keine Teststrecke, John. Und ich weiß, daß Big Mäc hier auch schon mit seinem Truck langgefahren ist.«

»An die Rückfahrt will ich jetzt noch gar nicht denken«, murmelte er und konzentrierte sich auf den Pfad, der jetzt durch dichtes Dickicht führte. Diese gespenstische Fahrt würde er wohl nie in seinem Leben vergessen. Aber er war ehrlich genug einzugestehen, daß das hier immer noch zehnmal besser war, als beim Sheriff in der Zelle zu sitzen und auf seinen Prozeß zu warten.

8

»Da ist es!« rief Brandy plötzlich.

Büsche und Sträucher wichen zurück und gaben den Blick auf eine große Lichtung frei, auf der zwei uralte Wellblechschuppen, ein nicht minder alter Wohnwagen sowie eine windschiefe Blockhütte standen. Zwischen den Schuppen sah es wie auf einem Schrottplatz aus. Nur daß hier merkwürdige Buggies in allen möglichen Wrackstadien herumlagen. Ein Stromgenerator dröhnte irgendwo hinter dem Wohntrailer. Starke Lichter, die an einem Mast hingen, beleuchteten den Vorplatz.

»Heiliger Dieselmufti!« stieß John hervor, trat auf die Bremse und brachte den Kenworth fünfzig Meter vor den Wellblechschuppen zum Stehen.

Big Apple zog mit ihm gleich. »Seid ihr sicher, daß wir hier richtig sind?« meldete er sich. »Ein heftiger Regenguß, und wir sitzen hier bis in alle Ewigkeit fest.«

Brandy lachte. »Goldrichtig!« rief sie ihm durch das offene Seitenfenster zu. »Da kommt Big Mäc!«

Ein Mann vom Format eines Kleiderschrankes trat aus dem linken Schuppen in den Lichtschein. Big Mäc war ein Schwarzer! Seine Haut war so dunkel wie altes Motoröl. Den mächtigen Schädel hatte er sich glattrasiert. Eine Zigarre, lang und dick wie eine Brechstange, ragte aus seinem linken Mundwinkel.

Als Brandy die Tür aufstieß und aus dem Fahrerhaus sprang, zeigte Big Mäc sein leuchtend weißes Gebiß. »Brandy! Mächtig lange nicht mehr gesehen!« rief er mit einer ungewöhnlich tiefen, vollen Stimme. »Willst du deine Unterrichtsstunden wiederaufnehmen?«

Brandy lachte. »Nein, Big Mäc. Meine Freunde brauchen Hilfe.«

Der Schwarze kniff die Augen zusammen. »Hilfe? Worum geht es denn?« fragte er und musterte die beiden Männer, die Brandy in sein Camp geführt hatte. In seinen Augen lag kein Mißtrauen, sondern nur Wachsamkeit.

Brandy berichtete knapp, was auf der Landstraße

passiert war. »Egghead-Judge sitzt ihnen jetzt natürlich im Nacken«, schloß sie ihren kurzen Bericht. »Und ich dachte, du hättest vielleicht nichts dagegen, wenn sie hier bei dir im Camp untertauchen.«

Der Neger spuckte aus, ohne die Zigarre aus dem Mund zu nehmen. »Der Teufel soll diesen Hundesohn holen! Wenn ich helfen kann, tue ich es gern.«

John und Big Apple waren indessen ausgestiegen. Sie musterten sich mit einem breiten Grinsen, schüttelten sich die Hand und gingen dann zu Brandy und Big Mäc.

»Das ist John McCallum . . . Rebel genannt«, stellte Brandy vor, »und das ist sein Kollege . . .«

». . . Teddy Nelson, auf den Highways Big Apple«, sagte der Yankee und streckte dem Neger die Hand hin. »Ich hoffe, wir finden hier für 'ne Weile Unterschlupf.«

Big Mäc schüttelte Teddy und dann John die Hand. »Trucker sind mir immer willkommen. Und wenn es gegen den Stinker Egghead-Judge geht, bin ich stets mit von der Partie. Dieser Hurensohn hat bei mir sowieso noch ein paar unbeglichene Rechnungen stehen. Also, herzlich willkommen in meinem Camp.«

John steckte sich eine Marlboro an. »Brandy sagte mir, Sie . . .«

Der Neger unterbrach ihn. »Man nennt mich Big Mäc, Partner. Und Brandys Freunde sind auch meine Freunde. Also lassen wir das vornehme Gesülze, okay?«

John grinste. »Ten-four, Big Mäc.«

Auch Teddy Nelson nickte und machte einen sichtlich erleichterten Eindruck. Die erste Gefahr war gebannt. Aber wie gut Brandys Idee war, würde sich erst später zeigen.

John deutete mit dem Kopf zum großen Schuppen hinüber, wo Werkbänke und allerlei Geräte zur Reparatur von Wagen standen. »Du bist hier ja blendend eingerichtet.«

Big Mäc nickte.

»Ich hätte einen Job für dich.«

»So? Wo drückt der Schuh, John?«

»Ich möchte, daß du dir mal den Schaden an der Stoßstange ansiehst«, sagte John und ging mit ihm zum Kenworth. »Hab den Sheriff am Heck erwischt.« Der Neger besah sich den Schaden und lachte dann laut auf. »Mußt ihm ja ordentlich eins verpaßt haben. Schade, daß ich das nicht mitbekommen habe.« Er wurde wieder ernst und klopfte gegen die eingedellte Stoßstange. »So gut wie 'ne Visitenkarte. Mit der Beule kommst du durch keine Kontrolle. Wenn du so hart Egghead erwischt hast, weiß er, daß du den Katscher im Chrom hast. Das wird jede Polizeistreife wissen.«

»Ich weiß.«

»Ich wünschte, ich könnte Eggheads Kiste sehen«, sagte Big Mäc grinsend. »Muß ein wahrlich erhebender Anblick sein . . . natürlich vorausgesetzt, man steht auf schrottreife Bullenwagen.«

Teddy Nelson verzog das Gesicht zu einem fröhlichen, fast jungenhaften Lächeln. »Ich garantiere dir, du hättest deine Freude gehabt.«

»Kommen wir zu den ernsten Dingen des Lebens«, sagte John und deutete auf die beschädigte Stoßstange seines Kenworth-Trucks. »Kannst du das wieder hinkriegen?«

Big Mäc kaute auf seiner Zigarre. »Mhm, hinkriegen tue ich alles, Partner. Aber es kann schon ein paar Stunden dauern. Du hast dir ja ein extra breites Chrommonster zugelegt, und das ist nicht so einfach zu reparieren, vor allem, wenn es wie neu aussehen soll. So was kann ich nicht mit links in einer Sandwichpause erledigen.«

»Wir haben Zeit satt«, brummte Teddy. »Müssen bestimmt bis morgen warten, bevor wir wieder auf den Asphalt können.«

John warf ihm einen schnellen Blick zu, sagte jedoch nichts, obwohl er den Optimismus des Yankees nicht teilte. Er bezweifelte sehr, daß sie ihren Trip morgen schon wieder würden fortsetzen können. Diese Geschichte konnte sich hinziehen, und wenn sie verdammt viel Pech hatten . . . Nein, es war besser, diesen Gedanken nicht weiter zu verfolgen. Alles zu seiner Zeit.

»Ihr seid bei Big Mäc in besten Händen«, versicherte Brandy.

»Danke für die Rosen, Brandy. Jetzt komme ich wirklich nicht umhin, mein Bestes zu geben. Also gut, ich geh' dann jetzt mal besser an die Arbeit, Partner«, sagte Big Mäc und spuckte ein Stück Tabak aus.

»Und was machen wir mit dem angebrochenen Abend?« wollte John McCallum wissen.

»Gute Frage«, meinte Teddy. »Hier in diesem Sumpf die Zeit totzuschlagen, ist nicht unbedingt das, was ich mir unter kurzweiliger Zerstreuung vorstelle.«

»Brandy? Hast du einen Vorschlag auf der Pfanne?« fragte John. »Du bist doch hier mit der Gegend vertraut. Was können wir machen?«

»Wir borgen uns Big Mäcs Wagen und fahren nach Wilmington rein«, schlug Brandy vor.

»Und?«

»Kenn' da einen recht guten Country-Schuppen, wo immer Live-Bands auftreten: das *Roadside Café*. Da wird heute abend bestimmt was los sein.«

»Klingt nicht übel«, sagte John McCallum und wandte sich seinem Kollegen aus dem Norden zu. »Was ist, stehst du auf Country-Music?«

»Seit wann steht ein Trucker nicht auf Country, Partner?« fragte Teddy zurück.

John lachte. »Du scheinst ja doch nicht so übel zu sein, wie dein New Yorker Nummernschild erst vermuten ließ«, frotzelte er.

»Okay, worauf warten wir dann noch? Auf nach Wilmington. Ich hole schnell die Wagenschlüssel«, sagte Brandy aufgekratzt und lief zu Big Mäc, der im großen Schuppen nach den notwendigen Werkzeugen kramte und dabei unmelodisch vor sich hin pfiff.

Mit einem kaum merklichen Lächeln kehrte sie zu den beiden Männern zurück. Das mit dem Sheriff war zwar eine böse Sache, die nicht ungefährlich war und für die beiden Trucker äußerst unangenehme

Konsequenzen haben konnte. Das war die weniger erfreuliche Seite der Medaille.

Doch es gab auch eine angenehme – nämlich die Tatsache, daß John gezwungen war, sich hier an der Grenze versteckt zu halten, bis Egghead-Judge die Suche nach ihnen aufgegeben hatte. Und sie teilte Teddys naiven Glauben, morgen schon wieder weiterfahren zu können, nicht. Ja, sie hoffte sogar, daß der Sheriff nicht so schnell aufgab. Je länger er nach den beiden Trucks intensiv fahndete, desto länger hatte sie John für sich . . .

9

»Mein lieber Schwan, hier ist ja wirklich was los!« meinte Teddy überrascht, als sie das Zentrum der kleinen Provinzstadt durchquert und die westliche Ausfahrtstraße Richtung Texas erreicht hatten. Die Country-Kneipe war nicht zu übersehen: grellrote Neonreklamen flackerten auf dem Flachdach eines Gebäudes, das mehr wie eine große Lagerhalle aussah. »Das Beste, was das Kaff an Unterhaltung zu bieten hat«, sagte Brandy, als sie auf dem großen Parkplatz noch eine freie Lücke fanden.

Das *Roadside Cafe* lag an der Hauptstraße am Rande von Wilmington, genau gegenüber vom *Red Roof Motel.* Die Country-Kneipe war schon gerammelt voll. Alle Tische waren besetzt. Auch an der langen Theke drängten sich die Leute. Eine Vier-Mann-

Band mühte sich redlich auf der kleinen Bretterbühne ab.

John, Teddy und Brandy bahnten sich einen Weg durch das Gedränge an der Tür und fanden einen freien Platz am hinteren Ende der Bar.

Johns Blick streifte kurz die beiden Männer, die ganz in ihrer Nähe standen. Der eine von ihnen war dicklich und hatte verschwitztes fettiges Haar. Der andere war hager und hatte eine platte Nase, die man nicht so schnell vergaß. Aber sie waren nicht die einzigen Burschen in dieser verräucherten Kneipe, die einen wenig vertrauenerweckenden Eindruck machten.

»Coors-Bier!« rief John dem schwergewichtigen Barkeeper zu, der alle Hände voll zu tun und ein schweißglänzendes Vollmondgesicht hatte.

»Diet-Coke«, bestellte Teddy Nelson, ohne mit der Wimper zu zucken.

»Wie bitte?« John sah verdutzt drein – ebenso der Barkeeper.

»Ja, Diet-Coke. Soll ich es buchstabieren?«

»Okay, okay«, schnaubte der Barkeeper und zog achselzuckend ab.

»Auf dem Gesundheitstrip, Yankee?« spottete John, der es insgeheim jedoch gut fand, daß Teddy sich nichts daraus machte, in dieser Umgebung so etwas zu bestellen. Teddy war offenbar nicht nur patent, sondern auch ein Bursche mit Selbstbewußtsein und Rückgrat.

»Du sagst es.«

Die Drinks kamen, und nachdem sie einen ersten

Schluck getrunken hatte, sagte Brandy: »Komm, laß uns 'ne Runde tanzen, Cowboy.«

»Muß das sein?« brummte John.

Teddy grinste. »Wirst doch wohl einer Lady keinen Korb geben wollen, oder?«

»Er wird sich hüten!« antwortete Brandy an seiner Stelle und zwinkerte Teddy zu, während sie John bei der Hand ergriff und vom Barhocker zog.

»Na, dann will ich mal kein Spielverderber sein«, brummte John und sagte zu Teddy: »Ich nehme an, du kommst auch ohne uns zurecht.«

Teddy grinste selbstsicher zurück. »Keine Sorge. Werd' schon auf meine Kosten kommen.«

»Siehst auch nicht so aus, als würdest du was anbrennen lassen«, erwiderte John und ließ sich von Brandy auf die Tanzfläche zerren.

»Eigentlich bin ich ganz froh, daß es so gekommen ist, John«, sagte Brandy und schmiegte sich an ihn, als die Band einen langsamen Song von Waylon spielte.

John hob die Augenbrauen. »Froh? Wie soll ich das verstehen?«

Ihre Hand glitt über seinen Nacken. »Jetzt haben wir endlich einmal ein wenig Zeit für uns«, sagte sie leise, und ein zärtlich-verschmitztes Lächeln trat auf ihr Gesicht. »Hätte gar nicht so viel dagegen, wenn der Sheriff die Gegend für ein paar Tage so hermetisch abriegelt, daß ihm noch nicht einmal ein Kaninchen durch die Lappen gehen kann.«

»He, mal bloß nicht den Teufel an die Wand!« protestierte er, genoß jedoch die Nähe ihres Körpers. Es erstaunte ihn immer wieder, wie schnell Brandy ihn in Erregung versetzen konnte. Sie hatte wirklich eine ganz besondere Ausstrahlung, die mit ihrem blendenden Aussehen nichts zu tun hatte, sondern von innen kam.

»Was heißt hier Teufel? Du wirst sehen, es wird der Himmel auf Erden sein«, flüsterte sie ihm zu und biß zärtlich ins Ohrläppchen.

»Ist das ein Versprechen?«

»Mehr als das«, erwiderte sie. »Willst du wissen, was ich nachher mit dir tun werde? Ich werd's dir sagen . . .«

10

Hank Macon blickte grimmig in sein Whiskyglas und klapperte mit den Eiswürfeln. »Sag mal, müssen wir unbedingt in dieser primitiven Country-Pinte zwischen diesen Hinterwäldlern herumhängen?« maulte er.

»Hast du vielleicht was Besseres vorzuschlagen?« fragte sein Komplize bissig zurück.

»Klar!«

»So? Was denn?«

»Wir könnten gucken, ob wir irgendwo 'nen Truck aufreißen können. Wilmington ist zwar ein ödes Kaff, soviel ich bisher gesehen habe, aber genügend Trucks stehen ja herum. Brauchen uns nur 'nen auszugucken und die Kurve zu kratzen.«

Joe Colfax bedachte ihn mit einem verächtlichen Blick. »Dafür ist es noch viel zu früh, Mann! Außerdem will ich vorher noch mit dem Boß sprechen.«

»Mir stinkt dieses Nest«, brummte Hank. »Die Hälfte der Typen hat ja noch Kuhfladen an ihren Stiefeln hängen. Wenn du also keinen Bock hast, dir mit mir 'nen neuen Bock unter den Nagel zu reißen, dann kann ich mich ja schon mal allein umsehen und . . .«

Joe fiel ihm ungehalten ins Wort. »Geh 'ne Runde spazieren oder verzieh dich nach drüben ins Motel, wenn es dir hier nicht paßt! Aber komm bloß nicht auf die Idee, 'nen Coup auf eigene Faust drehen zu wollen!« zischte er. »Dann brauchst du dich in San Diego nicht mehr blicken zu lassen, das kann ich dir schriftlich geben.«

»Ist ja okay, Alter«, knurrte Hank. »War ja nur 'n Vorschlag.«

Joe nippte an seinem Drink. »Mir gefällt es hier bombig, und ich habe nicht vor, mir den Abend von dir versauen zu lassen!«

»Okay, okay . . .«

»Werd' mal sehen, ob ich den Boß erreichen kann . . .« Joe Colfax rutschte vom Barhocker und ging ans Ende der Theke, wo das Münztelefon an der Wand hing. Dem Mann, der ihm den Rücken zuwandte und ein T-Shirt mit einem angebissenen Apfel darauf trug, schenkte er keine Beachtung. Er warf Münzen in den Schlitz und hatte kurz darauf die gewünschte Verbindung.

»Ja, wer da?«

»Joe hier . . . ist Panama-Jack schon zurück?«

»Ja, ist gerade gekommen.«

»Dann sieh zu, daß du ihn an den Apparat kriegst.«

»Warte 'nen Moment, Joe.«

Einige Sekunden später meldete sich eine scharfe, befehlsgewohnte Stimme. »Ihr habt Probleme, habe ich gehört?«

Joe Colfax schluckte unwillkürlich. »Motorschaden.«

»So!« Es klang, als würde er über die Entfernung instinktiv spüren, daß irgend etwas faul war. Panama-Jack hatte einen untrügerischen Instinkt, was wohl auch die Erklärung dafür war, daß die Polizei ihm bisher noch nichts hatte ans Zeug flicken können.

Joe riß sich zusammen und bemühte sich um einen festen Tonfall. »Ja, Pech. War nichts zu machen. Wir werden ein paar Tage länger brauchen. Die Chancen, hier was Passendes aufzureißen, stehen nicht schlecht. Wir arbeiten daran. Morgen sind wir bestimmt schon wieder unterwegs.«

»Und was soll ich Carlos sagen?«

»Sag Carlos, wir liefern dafür diesmal direkt vor Ort«, schlug Joe vor. »Hank und ich stellen ihm den Lastzug direkt vor die Haustür.« Das bedeutete, daß sie das Risiko auf sich nehmen würden, den gestohlenen Truck über die mexikanische Grenze nach Ensenade zu bringen.

»Gut, das ist ein Angebot«, sagte Panama-Jack versöhnlich. »Aber der Deal muß noch diese Woche über die Bühne gehen, Joe. Auch Carlos hat seine Verpflichtungen.«

»Keine Sorge, wir liefern noch früh genug«, versicherte Joe. »Und, wie gesagt, ich stell' ihm die Kiste in Ensenada auf den Frachthof!«

»In Ordnung. Ich verlaß mich darauf, Joe. Wenn nicht . . .« Panama-Jack ließ den Satz offen.

Joe Colfax wußte auch so, daß er aus dem lukrativen Geschäft war, wenn er diesen Liefertermin nicht einhielt. Aber das war unwahrscheinlich. Er kannte die Grenze wie seine Westentasche, und einen geeigneten Lastzug würden sie schon bald auftreiben.

»Ich habe schon verstanden, aber Sie können ganz beruhigt sein. Es wird alles reibungslos über die Bühne laufen – wie auch sonst.«

»Das hoffe ich – für uns alle, Joe!«

»Ich melde mich von unterwegs noch mal, Panama-Jack.«

»Tu das.«

Joe Colfax hängte ein und grinste zufrieden. Er hatte einen Aufschub erhalten. Was wollte er mehr? Einen Truck zu organisieren, sollte ihnen nicht allzu schwerfallen.

Er bestellte zwei doppelte Whisky – und bemerkte auf einmal die Frau, die an einer Stützsäule unweit der Theke lehnte und das Treiben auf der Tanzfläche beobachtete. Sie war keine umwerfende Schönheit, hatte jedoch ein ansprechendes Gesicht, das von dunkelblonden Locken eingerahmt wurde. Was ihr jedoch im Gesicht an Klasse fehlte, machten die üppigen Formen ihres Körpers wett.

Sie hatte die Brüste einer Dolly Parton und die Hüften eines Pin-up-Girls. Ihre Beine und ihr Po konnten sich ebenfalls sehen lassen. Sie trug ein honiggelbes Sommerkleid, das luftig und weich ihren kurvenreichen Körper umfloß.

Joe Colfax grinste breit. Jetzt wußte er, was ihm noch zu seinem Glück gefehlt hatte – ein feuriges Abenteuer mit einer Frau wie der an der Säule. Und der Teufel sollte ihn holen, wenn sie nicht ebenfalls auf ein Abenteuer aus war. Er sah doch, wie sie die Männer taxierte.

»Na dann«, murmelte er, stieß sich von der Theke ab und sprach sie an.

Teddy Nelson hatte die Frau ebenfalls im Visier gehabt, jedoch zu lange gezögert. Es wurmte ihn, als er sah, wie der hagere Bursche, der gerade hinter ihm telefoniert hatte, sie ansprach. Sein Ärger verwandelte sich jedoch in Schadenfreude, als klar wurde, daß er nicht ihr Typ war und mit seinem zweifelhaften Charme bei ihr keinen Blumentopf gewinnen würde.

»Wollen wir tanzen?«

Sie schüttelte den Kopf, ohne ihm mehr als einen flüchtigen Blick zu gönnen.

»Oder 'nen Drink?«

»Kein Interesse, Mister«, ließ sie ihn mit ruhiger Stimme abblitzen.

»Interesse kann man aber wecken, Baby.«

»Sie vergeuden Ihre Zeit!«

Er schien sie überhaupt nicht gehört zu haben,

denn er fuhr ungerührt fort: »Ich will nicht zuviel versprechen, aber im Anheizen bin ich Spitzenklasse«, blieb Joe beharrlich.

Sie musterte ihn nun eingehend – und zwar mit unverhohlen geringschätzigem Blick von oben bis unten. »Du siehst mir sehr nach 'nem Asthmatiker aus«, antwortete sie mit einer Schärfe, die jeden Vernünftigen augenblicklich dazu gebracht hätte, seine offensichtlich fruchtlosen Versuche auf der Stelle einzustellen.

Nicht jedoch so Joe Colfax ...

Der Gangster lachte nur, als hätte sie einen besonders gut gelungenen Witz gemacht, der gar nicht seiner Person gegolten hatte. »Nicht schlecht, Baby. Bist nicht auf den Mund gefallen. Ich mag das. Komm, gib mir 'ne Chance, und ich beweis dir das Gegenteil ... von wegen Asthmatiker.« Dabei legte er ihr eine Hand auf die Hüfte.

Sie schlug seine Hand beiseite. »Das reicht jetzt! Hast du Tomaten auf den Ohren, Mann? Versuch dein Glück woanders, aber mich laß gefälligst in Ruhe, sonst wirst du das bitter bereuen!«

»He, ich mag temperamentvolle Frauen, die man erst bändigen muß«, sagte er mit rauher Stimme, faßte sie wieder um die schlanke Taille und zog sie fest an sich. »Das gibt der Sache erst den richtigen Pepp!«

»Lassen Sie mich los!« zischte sie und versuchte vergeblich, sich aus seinem festen Griff zu befreien. »Lassen Sie mich auf der Stelle los, Sie gottverdammter Tölpel! Ich warne Sie!«

Teddy Nelson hatte den Wortwechsel mitbekommen und hielt es nun für an der Zeit, seinen Teil dazu beizusteuern. Er stellte sein Glas ab und tippte dem Burschen auf die Schultern.

»Du hast wohl zuviel Schmalz in den Ohren. Hast du nicht gehört, was die Lady gesagt hat? Also nun mal 'n bißchen flott: Nimm deine ungewaschenen Flossen von ihr!« forderte er ihn auf.

Joe Colfax drehte sich zu ihm um. Die Art, wie Teddy Nelson sprach, verriet, daß er aus dem Norden kam. »Was hier abgeht, hat dich 'nen feuchten Dreck zu interessieren, Mann. Also denk an deine zerbrechliche Gesundheit und verpiß dich, Yankee!«

Teddy Nelson, die Daumen hinter dem breiten Ledergürtel gehakt, hob scheinbar erstaunt die Augenbrauen. »Du stehst auf der Leitung, Mann. Dein Typ ist bei der Lady nicht gefragt. Also versuch dein Glück besser auf dem Strich oder troll dich zu Muttern, wenn du dir nicht 'nen Satz heiße Ohren einhandeln willst!«

Joe Colfax ließ die Frau nun los. Zornesröte stieg ihm ins Gesicht. Seine Augen nahmen einen gefährlichen Glanz an. »Luschen wie dich mach' ich mit links fertig!« zischte er drohend.

Teddy Nelson ließ sein Gegenüber nicht aus den Augen. Er rechnete jeden Moment damit, daß er angreifen würde – und zwar mit irgendeinem miesen Trick. Burschen von diesem Kaliber kämpften nie fair, und er wollte sich nicht überraschen lassen.

Und doch erwischte es ihn kalt.

Der Angriff kam von hinten.

Eine Handkante krachte zwischen seine Schulterblätter und schleuderte ihn direkt auf Joe Colfax zu.

»Der Dicke! Sein Kumpan!« schoß es ihm im Bruchteil einer Sekunde durch den Kopf. »Ich Idiot hab' ihm den Rücken zugekehrt!«

Er mußte schwer für seinen Fehler bezahlen.

Teddy Nelson schrie vor Schmerz und Überraschung auf, reagierte jedoch noch geistesgegenwärtig genug, um schützend die Arme hochzureißen.

Joe Colfax hatte nämlich nur darauf gewartet, daß Hank Macon ihn ihm in die Arme trieb. »Jetzt kriegst du dein Fett, verdammter Yankee!« stieß er höhnisch hervor und schlug voll zu.

Der Hieb des hageren Gangsters prallte an seinen Armen ab. Doch schon im nächsten Moment rammte sich Joes Linke in seinen Magen. Er klappte zusammen und würgte. Aus der Ferne hörte er den entsetzten Schrei der Frau und das Grölen mehrerer Männer. Eine Schlägerei! Das war ganz nach dem Geschmack vieler Burschen, die sich an diesem Abend in der Country-Kneipe drängten.

»Kontern! Du mußt kontern!« jagte es ihm durch den Kopf, während er mit der Benommenheit kämpfte und Mühe hatte, sich auf den Beinen zu halten. »Wenn du nicht zum Angriff übergehst, liegst du gleich am Boden, Teddy. Also reiß dich zusammen!«

Leichter gesagt als getan.

Hank und Joe nahmen den Trucker von zwei Seiten in die Mangel. Hank war froh, seinen Frust endlich einmal abreagieren zu können. Und er drosch auf den angeschlagenen Trucker ein.

Teddy wankte instinktiv zur Theke zurück. Er mußte wenigstens den Rücken frei haben. Seine Rippen schmerzten, und er fürchtete, sich im nächsten Moment übergeben zu müssen. Doch so leicht ließ er sich nicht auf die Bretter schicken, schon gar nicht hier im Süden. Da hatte er seinen Yankee-Stolz.

»Na los, schick ihn in den Staub, Joe!« feuerte Hank seinen Komplizen an.

»Worauf du dich verlassen kannst!« stieß Joe hervor. »Aber alles zu seiner Zeit. Jetzt kriegt er erst mal die Schnauze poliert, damit er das nächste Mal nicht wieder so eine dicke Lippe riskiert.«

Teddy Nelson sah alles durch einen Schleier. Verschwommen sah er die Faust kommen, die ihn seitlich am Kopf traf und zwischen die Barhocker schleuderte.

»Gib ihm den Rest, Joe!«

»Immer mit der Ruhe. Wir wollen doch unseren Spaß haben«, erwiderte Joe.

Teddy Nelson bekam die Messingstange zu fassen, hielt sich daran fest – und stieß sich dann mit aller Kraft von der Theke ab. Er prallte mit dem Gangster zusammen, der damit nicht gerechnet hatte – vor allem nicht mit dem rechten Aufwärtshaken, der an seinem Kinn explodierte.

Er torkelte zurück.

»Überlaß ihn mir!« rief Hank Macon sofort.

»Du kannst dich mit mir beschäftigen, Fatty!« sagte da eine grimmige Stimme hinter ihm.

Hank Macon wirbelte herum und sah einen schlanken Mann mit sandblondem Haar und rauchblauen Augen, der sich durch die Menge der Schaulustigen zwängte.

John ›Rebel‹ McCallum stand vor ihm.

»Halt mir den Dicken vom Halse, John!« krächzte Teddy Nelson. »Mit dem anderen Schweinehund werd' ich schon allein fertig.«

»Mit Vergnügen«, erwiderte John McCallum und donnerte Hank Macon eine blitzschnelle Links-Rechts-Kombination auf die Rippen.

Hank schrie auf – und wünschte, er hätte sich nicht in diese Schlägerei eingemischt. Er wehrte sich gegen den Blonden, so gut er konnte. Aber er war nie ein überragender Kämpfer gewesen, wenn es darum ging, allein auf sich gestellt in einer Auseinandersetzung seinen Mann zu stehen – und zwar nur mit seinen Fäusten. Wenn er doch bloß seine Knarre mitgenommen hätte. Aber die lag im Motelzimmer gut versteckt. Joe hatte darauf bestanden, ohne Kanone in die Kneipe zu gehen.

Während sich John um den Burschen mit dem fettigen, verschwitzten Haar kümmerte, ohne jedoch voll zuzuschlagen, hatte Teddy seine liebe Not mit seinem Gegner.

Teddy Nelson war angeschlagener, als er zugeben wollte. Wäre John nicht gewesen, hätte er das Ende des Kampfes bestimmt nicht mehr stehend erlebt. Zwar hatte er Joe mit dem Kinnhaken voll erwischt. Doch in seiner Faust hatte nicht mehr genug Kraft gelegen, um seinen Gegner aus den Schuhen zu heben und dieser Schlägerei damit ein Ende zu bereiten.

»Ich mach' dich auch allein fertig für die Kiefernkiste!« stieß Joe hervor, nachdem er den Aufwärtshaken gut weggesteckt und zwei weitere Hiebe abgeblockt hatte. Er brachte einen gemeinen Tritt an, der Teddy die Tränen in die Augen trieb.

»Volltreffer!« johlte jemand in der Menge, die sich um die vier Männer gebildet hatte.

»Zehn Dollar, daß der Yankee keine sechzig Sekunden mehr steht!« brüllte ein anderer, der eine Wette abschließen wollte.

John konnte und wollte das nicht länger mit ansehen. »Tut mir leid, daß wir nicht genug Zeit haben, um uns gründlicher kennenzulernen, Fatty«, preßte er hervor und schoß zwei saubere Haken ab, die Hank Macon in den Grundfesten erschütterten, »mein Partner braucht mich leider auf der Stelle.«

Hank Macon sah den Fausthieb, der ihn ins Land der Träume schickte, überhaupt nicht kommen. Es wurde plötzlich dunkel um ihn herum. Daß er auf dem Boden aufschlug, spürte er schon nicht mehr bewußt.

»Ruh dich 'ne Sekunde aus, Teddy!« rief John jetzt und sprang zwischen seinen Truckerfreund und Joe Colfax. »Mit Leuten, die Tritte austeilen, red ich gern ein paar Takte auf meine Art!«

»Dich mach' ich genauso fertig!« zischte Joe Colfax haßerfüllt.

»Schon gut, Partner«, keuchte Teddy Nelson. »Ich

mach' das allein. Langsam werd' ich warm. Komm schon wieder in Fahrt.«

»Bist du sicher?« John sah ihn skeptisch an und befürchtete insgeheim das Schlimmste.

Teddy Nelson verzog das Gesicht zu einem schiefen Lächeln. »Ich steh's durch, keine Sorge! Danke, aber ich brauch' keinen, der für mich den Kopf hinhält. Jetzt werde ich erst mal richtig aufdrehen.«

Und das tat er wirklich. Die kurze Atempause hatte gereicht, um seine stillen Reserven zu mobilisieren – und vor allem eine kalte, gefährliche Wut in ihm zu wecken. Er vergaß alles um sich herum, sah nur noch seinen Gegner und war nun auf der Hut.

Joe Colfax verstand nicht, was nun passierte. Er war ein guter Fighter und kannte eine Menge mieser Tricks. Doch auf einmal hatte sich das Blatt gedreht. Er brachte einfach keinen soliden Schlag mehr durch, sondern wurde in die Defensive gedrängt. Der Yankee boxte wie eine Maschine – präzise und knallhart.

»Verdammt!« fluchte er, als zwei knochenharte Schläge in der Luft verpufften, weil sein Gegner sich schneller bewegt hatte als erwartet.

Ein kaltes Feuer funkelte in Teddy Nelsons Augen. Er hörte nicht das Gejohle der Männer, als er den Schläger vor sich hertrieb. Er kämpfte, wie er es gelernt hatte. Und Joe Colfax mußte eine bittere, schmerzhafte Lektion einstecken. Seine Unterlippe platzte auf, Blut rann über sein Gesicht und drei Zähne mußte er ausspucken, bevor er völlig erledigt vor der Kneipe im Dreck der Straße landete.

»Donnerwetter, wo hast du denn so fighten gelernt?« fragte John voller Bewunderung, als er Teddy in den Waschraum begleitete.

Teddy wusch sich das Gesicht. »In Nam«, antwortete er kurzangebunden.

John sah ihn erstaunt an. »Du warst in Vietnam?«

»Ja, als Marine, Partner.« Teddy lachte bitter auf. »Ich brauchte nur an damals zu denken und war wie verwandelt. Komisch, was zwei Jahre Dschungelkrieg aus einem Mann machen können.«

»Alle Achtung, Big A. Hätte keinen lausigen Dime darauf verwettet, daß du noch 'ne Chance gegen den Burschen hast.«

»Reine Willenssache«, erwiderte Teddy mit einem Achselzucken.

11

Die Frau stand noch immer an der Säule, als Teddy Nelson aus dem Waschraum kam. Er war überrascht, hatte er doch angenommen, daß sie das *Roadside Café* bei Beginn der Prügelei auf der Stelle verlassen hatte. Doch das war ein Irrtum gewesen, ja, es schien ihm sogar so, als hätte sie geradezu auf ihn gewartet.

Sie lächelte ihn auf eine merkwürdige, geheimnisvolle Art an, stieß sich dann von der Säule ab und fragte: »Darf ich Ihnen einen Drink spendieren?«

Er verbarg sein Erstaunen hinter einem lässigen Grinsen, das jedoch ein wenig gequält ausfiel, denn einige Schläge seines Gegners hatten bei ihm doch ganz schön Wirkung erzielt – und er würde sich ihrer bestimmt noch in ein paar Tagen erinnern, ganz besonders, wenn er sich im Spiegel musterte. »Wenn's für eine Diet-Coke reicht, gern.«

Sie lachte. »Nichts Stärkeres? Ich hatte irgendwie den Eindruck, als wären Sie stärkere Sachen gewohnt ... ganz allgemein gesprochen.«

»Stärkere Sachen nehme ich nicht in Form von Drinks zu mir«, erwiderte er vieldeutig.

»Sondern?«

Er schenkte ihr nur ein vielsagendes Lächeln. »Ich habe Ihren Namen vorhin nicht mitbekommen ...«

»Konnten Sie auch nicht.«

»So? Warum nicht?«

»Weil ich ihn gar nicht genannt habe.«

Er lachte kurz auf. »Das sollten Sie aber langsam nachholen ... wenn Sie mich schon zu einem Drink einladen.«

Sie zog eine Zigarette aus ihrer Schachtel, und er gab ihr Feuer. Sie berührte seine Hand, als wollte sie für eine ruhige Flamme sorgen. Doch statt auf die Flamme des Feuerzeuges zu achten, blickte sie ihm in die Augen. »Nennen Sie mich Lucy. Ihre Freunde nennen Sie Teddy, nicht wahr?«

»Ja. Sie haben ein erstaunlich gutes Gehör«, sagte er und spürte eine Erregung in sich aufsteigen. Ihm war, als führten sie beide ein verschlüsseltes Gespräch. Hinter jedem Wort schien sich eine andere doppelsinnige Bedeutung zu verbergen.

»O ja, ich habe sehr geschärfte Sinne«, bestätigte

sie lächelnd und trat mit ihm an die Theke, um die Drinks zu bestellen.

»Sind all Ihre Sinne so außergewöhnlich?« spielte Teddy dieses zweideutige, aufregende Spiel weiter und mußte sich beherrschen, um nicht auf ihren prachtvollen Busen zu starren, von dem ihr tiefausgeschnittenes Sommerkleid einen großen Teil unverhüllt dem Betrachter darbot.

»Ja, das wage ich zu behaupten«, antwortete sie, ohne seinem Blick auszuweichen.

»Interessant.«

»Was tun Sie in Wilmington?« wollte sie wissen.

»Ich versuche vergeblich, Ärger zu vermeiden.« Ausweichend, aber noch nicht einmal gelogen.

»Auf Durchreise?« fragte sie.

»Ja.«

»Vertreter?«

Er schüttelte den Kopf und sah sie fast empört an. »Nein, Dieselcowboy.«

Lucys Augen leuchteten noch mehr auf. »Oh, Trucker! Ich mag Trucker, Teddy. Sie verkörpern für mich die Freiheit, die ich mein Lebtag nie gehabt habe, die Ungebundenheit des freien Lebens«, sagte sie mit einem schweren Stoßseufzer. »Ach, ich habe wirklich eine Menge für Männer Ihres Schlages übrig, Teddy.«

»Das hört man gern.«

Lucy sah sich in der Country-Kneipe um und blickte ihn dann verführerisch an. »Bißchen voll hier, um interessante Gespräche führen zu können . . . Gespräche, die nur zwei Personen etwas angehen«, fügte sie mit gedämpfter Stimme hinzu. »Finden Sie nicht auch, Teddy?«

»Wenn Sie die Art Gespräche im Kopf haben, die ich meine, dann ist das hier wahrlich der falsche Ort, und wir sollten umgehend einen Tapetenwechsel vornehmen. Leider bin ich nicht in der Lage, Sie zu mir einzuladen, da ich für diese Nacht bei flüchtigen Bekannten untergekommen bin.«

»Würde es Ihnen etwas ausmachen, die Nacht nicht unbedingt bei ihnen zu verbringen?« fragte sie.

»Ganz im Gegenteil!«

Lucy strahlte ihn an. »Ich glaube, wir verstehen uns.«

Teddy nickte.

Lucy drückte ihre Zigarette aus. »Es ist besser, wir gehen getrennt.«

»Wie Sie meinen.«

»Warten Sie zehn Minuten, und nehmen Sie dann den Hinterausgang bei den Toiletten«, bat sie ihn. »Das wäre mir lieber so.«

Teddy zuckte die Achseln. »Jeder Ausgang, der mich zu Ihnen führt, ist mir recht.«

»Ich werde mit meinem Wagen dort auf Sie warten, Teddy. Es ist ein roter Ford Mustang«, sagte sie, legte einen Geldschein auf die Theke und rutschte vom Barhocker. Die Gebärde, mit der sie ihr Kleid glatt strich, war wie eine beredte Verheißung. Ohne sich noch einmal nach ihm umzusehen, bahnte sie sich einen Weg zur Tür. Wer sie beobachtet hatte, mußte den Eindruck gewonnen haben, daß sie sich nur bei ihm für sein Eingreifen bedankt hatte, sonst mit ihm aber nichts gemeinsam zu haben.

Teddy suchte John und sagte ihm Bescheid.

»So, du machst dich selbständig.«

»Ein bißchen Kontaktpflege mit der lokalen Bevölkerung, Partner. Hier sind die Schlüssel für meinen White, falls ihr rangieren müßt.«

John McCallum fing die Schlüssel auf. »Wie kommst du zu uns in den Sumpf?« wollte er wissen. »Du siehst mir nicht so aus, als wärest du ein begeisterter Asphalttreter. Also wo kriegst du einen fahrbaren Untersatz her, wenn du Heimweh nach uns hast?«

»Werd' schon jemanden finden, der mich fährt. Hab' mir den Weg eingeprägt. Mach dir keine Sorgen. Vielleicht tauche ich auch erst morgen wieder bei euch auf.«

John zuckte mit den Achseln. »Okay, wie du willst. Werden sowieso noch nicht aus unserem Versteck können. Also dann, viel Spaß.«

Teddy Nelson tippte an eine nicht vorhandene Hutkrempe. »Dir ebenfalls, Partner. Deine Brandy sollte übrigens 'ne Banderole um ihren Körper tragen ... mit dem Aufdruck: Vorsicht, TNT!«

John lachte. »Werd's ihr ausrichten.«

Joe Colfax hielt den Kopf unter den kalten Wasserstrahl der Dusche. Er stöhnte unterdrückt und spuckte blutigen Speichel.

»Bist du okay?« fragte Hank Macon hinter ihm.

»Frag doch nicht so bescheuert! Natürlich bin ich

nicht okay, vedammt noch mal!« fluchte Colfax. »Du wärst auch nicht topfit, wenn dir plötzlich drei Zähne fehlen und du Blut spuckst, Mann!«

»Warum hast du die Zicke auch angemacht«, brummte Hank verdrossen. »Hat doch 'n Blinder gesehen, daß die nicht auf dich abgefahren ist.«

»Komm mir bloß nicht mit noch so 'nem blöden Spruch!« preßte Colfax gereizt hervor und drehte den Hahn ab. Vorsichtig trocknete er sich mit dem Motelhandtuch ab. »Du hast vorhin alles andere als 'ne Glanzleistung zustande gebracht.«

»Wie meinst du das?«

»Du hast dich von dem blonden Burschen auf die Bretter legen lassen, ohne ihm auch nur ein Haar gekrümmt zu haben. Der hat dich naßgemacht wie 'nen blutigen Anfänger! Und ich dachte, du wärst wenigstens dafür gut.«

»Er hat mich ausgetrickst.«

»Ja, mit 'nem sauberen Haken!« knurrte Colfax und wankte zum Fenster. Er starrte zum *Roadside Café* hinüber, während er vorsichtig über sein anschwellendes Gesicht tastete. »Das wird noch ein Nachspiel haben.«

»Was hast du vor, Joe?«

»Die erste Runde ist an sie gegangen. Die zweite und letzte werden wir für uns verbuchen!« stieß er hervor. »Und das wird die entscheidende sein, darauf kannst du einen lassen, Mann!«

Hank runzelte die Stirn. Was er da hörte, schmeckte ihm gar nicht. »Sag mal, willst du ihnen etwa aufs Dach steigen, Joe?«

Der hagere Gangster drehte sich abrupt zu seinem Komplizen um. »Glaubst du, ich lass' mir einfach so drei Zahnlücken in mein Gebiß schlagen, Mann? Dafür werden sie bezahlen, oder ich will nicht mehr Joe Colfax heißen!«

»Ja, aber wir wollten uns doch nach 'nem Truck umschauen«, wandte Hank ein. »Du hast doch dem Boß versprochen, daß wir sofort einen neuen aufreißen und so schnell wie möglich nach San Diego brettern. So eine Abrechnung mit diesen Burschen kostet ganz schön Zeit ... Zeit, die wir nicht haben.«

»Der Truck kann warten. Erst rechne ich mit den beiden ab.« Joe Colfax war fest entschlossen, und niemand würde ihn davon abbringen.

Hank spürte, daß jedes Diskutieren mit seinem Komplizen sinnlos war, und er verzog das Gesicht. »Hab' nichts dagegen, diesen Stinkern ordentlich eins zu verpassen. Aber wie stellst du dir das vor? Wir kennen ja noch nicht mal ihre Namen und wissen überhaupt nicht, wo die Typen wohnen.«

»Irgendwann werden sie ja mal aus dem Schuppen kommen und zu sich nach Hause fahren. Wir hängen uns an sie und rechnen dann ab.«

Hank Macon war nicht gerade begeistert, aber er zuckte nur mit den Achseln. Er hatte den Truck zu Schrott gefahren und konnte seitdem keine große Lippe mehr riskieren. Joe hatte das Sagen. Vielleicht war es gar nicht mal so schlecht, wenn Joe sich jetzt auch einen Schnitzer erlaubte. Und ein Schnitzer war dieser Racheplan allemal, allein schon, weil er sie eine Menge Zeit kostete.

Joe Colfax holte seinen Revolver aus seiner Reisetasche, vergewisserte sich, daß er geladen war, und steckte ihn unters Hemd hinter den Hosenbund. »Los, komm, wir setzen uns in den Wagen und warten auf sie!« befahl er und zuckte vor Schmerz zusammen, als er mit der Zungenspitze die klaffende Wunde zwischen den Vorderzähnen berührte.

12

Lucy wartete in ihrem knallroten Ford Mustang vor der Hintertür auf ihn. Sie machte keine langen Umstände. Als sie hörte, daß sein Truck in Reparatur war und somit die Schlafkabine nicht zur Verfügung stand, fuhr sie zu einem ruhig gelegenen Motel. Sie blieb im Wagen, während er den Zimmerschlüssel holte.

»Du verlierst wirklich keine Zeit, Lucy«, sagte Teddy, als sie sein Hemd aufknöpfte, sowie die Zimmertür hinter ihnen zugefallen war.

»Taten ziehe ich Worten vor«, erwiderte sie und machte sich an seiner Gürtelschnalle zu schaffen.

»Du bist nicht nur tatkräftig, sondern auch zielstrebig«, bemerkte Teddy, als ihm die Hose von den Hüften rutschte und ihre Hände auf Erkundungsreise gingen.

»Ich hoffe, du bist im Bett genauso ausdauernd wie vorhin in der Kneipe«, flüsterte sie und drängte sich an ihn.

Teddy knöpfte ihr Kleid auf und streifte es ihr von den Schultern. Seine Lippen glitten über ihre samtweiche Haut, während er sie aufs Bett zog. Er hakte ihren BH auf und zog ihr das Höschen aus.

»So habe ich mir immer den nackten Körper der Mona Lisa vorgestellt«, sagte er, als sie in ihrer ganzen unverhüllten Üppigkeit vor ihm lag.

Ihre Hände wanderten zwischen seine Beine, liebkosten ihn und ließen ihn vor Lust aufstöhnen, als sie sich über ihn beugte.

Teddy lag rücklings auf dem Bett und ließ sie nur zu bereitwillig gewähren. Mund und Hände wußten, was sie taten.

Doch die Hochstimmung dauerte nicht lange.

Lucy hatte sich gerade auf ihn gesetzt, als ein wuchtiger Fußtritt die lächerlich dünne Moteltür splittern und aufspringen ließ.

Lucy schrie gellend auf.

»Hab' ich's mir doch gedacht!« brüllte eine dunkle, grollende Stimme. »Ihr verdammtes Hurengesindel, euch werde ich es zeigen!«

Teddy glaubte einen entsetzlichen Alptraum zu erleben. Er sah einen Mann von gedrungener, dicklicher Gestalt ins Zimmer stürzen. Der Mann hatte einen kahlen Schädel und einen dichten Walroßbart. Das Gesicht war von Wut und grimmiger Genugtuung verzerrt. Doch das Schlimmste war, daß dieser Mann Uniform trug und in der Rechten einen großkalibrigen Revolver hielt.

Teddy wußte sofort, wer das sein mußte: der Sheriff von Wilmington, Egghead-Judge!

»Du dreckige Schlampe!« brüllte der Sheriff außer sich vor Wut. »Habe ich dich endlich erwischt, du Truckerhure!«

Mit einem Satz war er am Bett. Seine linke Hand sauste durch die Luft und riß Lucys Kopf nach hinten. Sie schrie auf. Und ihr Schrei wurde noch schriller, als Egghead-Judge sie an den Haaren packte, vom Bett zerrte und gegen die Zimmerwand schleuderte.

»He, was soll das?« rief Teddy und sprang nun auf. »Wir sind doch hier nicht im Mittelalter!«

»Ich hab' dich mit meiner Frau erwischt, Scheißkerl!« schrie der Sheriff.

»Sie wird schon wissen, warum sie das tut!« erwiderte Teddy in der Erregung.

Der Sheriff schlug ohne Vorwarnung zu. Er rammte ihm den Revolverlauf in den Magen. »Hast du sonst noch was zu melden?« brüllte er.

Teddy torkelte gegen das Bett. Im nächsten Moment erwischte ihn das Knie des Sheriffs und schleuderte ihn gegen den Nachttisch. Er ging zu Boden und riß die Lampe mit sich.

Er ignorierte den feurigen Schmerz, packte den schweren Fuß der Tischlampe und sprang auf. Doch Sheriff Donald Judge gab ihm keine Chance. Er schlug mit dem Knauf seines Revolvers zu.

»Prächtig, mein Junge!« rief er, während Teddy halb bewußtlos auf den Teppichboden sank. »Damit hast du mir den größten Gefallen getan, du Stinker! Widerstand gegen die Staatsgewalt, tätlicher Angriff ... du bist reif für die Zelle! Los, hoch mit dir! Du bist verhaftet!«

»Donald! Laß ihn laufen!«

»Einen Dreck werd' ich!« donnerte der Sheriff und stieß seine Frau brutal zur Seite. »Mit dir rechne ich noch später ab, Schlampe!«

Teddy kämpfte gegen die drohende Bewußtlosigkeit an und kam wankend hoch. Alles drehte sich um ihn. Er sah das triumphierende Gesicht des Sheriffs und blickte in die Mündung des Revolvers.

»Los, zieh dich an!« befahl Egghead-Judge.

Teddy riß sich zusammen und folgte dem Befehl.

Dann schlossen sich Handschellen um seine Gelenke.

»Das kannst du nicht tun, Donald!« sagte Lucy mit zitternder Stimme.

Der Sheriff spuckte aus. »In Wilmington gibt es nichts, was ich nicht tun könnte. Und das werdet ihr beide zu spüren bekommen! Los, setz dich in Bewegung!«

Teddy Nelson wankte aus dem Zimmer.

»He, sind Sie John McCallum?« rief der Barkeeper.

»Ja. Warum?«

»Telefon für Sie. 'ne Lady!«

»Für mich?« John nahm verwundert den Hörer entgegen. »Ja, wer spricht?«

»Lucy Judge.«

»Judge wie ...«

»Ja, wie Egghead-Judge. Wir haben uns vorhin kurz kennengelernt ... bei der Schlägerei.«

»Heiliges Schmierfett! Wollen Sie sagen, Teddy ist mit der Frau von Sheriff Egghead-Judge losgezogen?« stieß John McCallum verblüfft hervor.

»So ist es.«

»Das stinkt nach Ärger, Lady.«

»Sie haben den richtigen Riecher.«

»Wo steckt Teddy?« fragte er ahnungsvoll.

»Im Jail.«

John gab einen Stoßseufzer von sich. »Und wie kommt er dorthin?« Lucy Judge zögerte mit der Antwort, räusperte sich umständlich und berichtete dann kurz und knapp, was passiert war.

»Er hat Sie beide erwischt – in flagranti! Das darf doch nicht wahr sein! Warum haben Sie ihm nicht gesagt, wer Sie sind?« erregte sich John. »Himmelherrgott, wissen Sie denn nicht, daß Ihr Mann ein ausgemachter Truckerhasser ist?«

»Machen Sie mich nicht für die Charakterschwächen meines Mannes verantwortlich!« erwiderte sie scharf. »Es tut mir leid, Ihren Freund in Schwierigkeiten gebracht zu haben. Aber lassen Sie sich immer erst einen Lebenslauf erzählen, bevor Sie mit jemandem ins Bett gehen.«

»Ihr Mann ist nicht irgend jemand!«

»Ich bin mit meinem Mann fertig. Ich werde ihn verlassen. Endgültig.«

»Und was wird mit Teddy?«

»Ich will ehrlich sein. Mein Mann ist in Wilmington so etwas wie ein König. Richter Ferguson ist sein bester Freund. Wenn er will, kann er Teddy im Jail versauern lassen, bis er graue Haare hat.«

»Sie haben 'ne reizende Art, einem jegliche Hoffnung zu nehmen.«

»Ich sage, so wie es ist.«

»Und wie bekomme ich meinen Kollegen wieder aus dem Jail?«

Lucy Judge lachte bitter. »Mein Mann ist für Spenden immer zu haben. Nur müssen sie großzügig sein, wenn es sich um Trucker handelt.«

»Wieviel?«

»Das kann ich Ihnen nicht sagen. Diesmal ist ja leider mehr im Spiel als seine bloße Antipathie für Trucker. Er hat Teddy mit mir im Bett überrascht.«

»Okay, ich werde mit Ihrem Mann reden. Wo und wie kann ich Sie erreichen?«

»Über CB auf Kanal 23. Code Mona Lisa.«

»Soll ich Teddy etwas bestellen?«

»Ja. Sagen Sie ihm, ich wünschte, mein Mann hätte uns zumindest für eine volle Runde Zeit gelassen – und daß ich hoffe, doch noch zu Ende zu bringen, was ich angefangen habe.«

Teddy Nelson richtete sich auf der harten Pritsche auf, als am Ende des Zellenganges eine schwere Metalltür schlug. Schritte kamen über den Flur. Ein Polizist führte Brandy und John zu seiner Zelle.

»Wenn Sie sich setzen wollen . . . da stehen zwei Hocker«, sagte der Uniformierte.

»Die paar Minuten, die uns der Sheriff zugestanden hat, können wir auch stehen«, erwiderte John McCallum grimmig.

Der Polizist zuckte die Achseln. »Wie Sie wollen, Mister. Also, wie gesagt, Sie haben zehn Minuten. Befehle sind Befehle.«

Brandy verzog das Gesicht. »Wenn Sie wüßten, wie sehr Sie mein Vertrauen in die Polizei stärken.«

Wortlos ging der Uniformierte den Gang hinunter.

Teddy Nelson trat ans Gitter. »Nett, euch wiederzusehen. Hätte nicht gedacht, daß mein Ausflug auf 'ner Knastpritsche enden würde. Woher habt ihr es erfahren?«

»Lucy hat im *Roadside Café* angerufen«, antwortete John McCallum, holte seine Schachtel Marlboro hervor und zündete sich eine Zigarette an. Er hielt Teddy die Packung hin: »Auch eine?«

Teddy schüttelte den Kopf. »Hab' das Rauchen aufgegeben. Schlecht für die Gesundheit.«

John schnippte das Streichholz durch das Zellengitter. »Sich mit Egghead-Judges Frau zwischen den Laken erwischen zu lassen, ist auch nicht gerade gesundheitsfördernd, Partner.«

Teddy grinste schief. »Hab' eben 'ne glückliche Hand. Hat schon meine Mutter gesagt.«

»Soviel Glück, wie du hast, kann ein Mann schwerlich vertragen«, knurrte John und dachte daran, daß alles mit dieser schwachsinnigen Wettfahrt auf der Landstraße angefangen hatte.

Wenn er Teddy Nelson nicht herausgefordert hätte, hätten sie vermutlich nur ein paar Worte über CB gewechselt, und jeder wäre seiner Wege gefahren. Doch ein flotter Spruch hatte den anderen provoziert – und wie er es auch drehte und wendete: er war schuld daran, daß sie beide in Wilmington bis über beide Ohren in der Patsche saßen.

»Wie stehen meine Aktien?« wollte Teddy nun wissen. »Habt ihr mit dem Glatzkopf gesprochen?«

Brandy nickte. »Der Sheriff ist fest entschlossen, dich ungespitzt in den Boden zu rammen – und zwar kraft seines Amtes. Seinen Worten zufolge hast du versucht, ihn umzubringen . . .«

»Geistiger Sauerquark!«

»Und dafür will er dir ein paar Jahre Knast verschaffen«, fuhr sie unbeirrt fort.

»Der Mistkerl lügt wie gedruckt. Er ist auf mich losgegangen!«

John zuckte die Achseln. »Jacke wie Hose. Er ist der Sheriff. Und ich wette meinen Ken, daß er ein halbes Dutzend Zeugen vor Gericht antanzen läßt, die seine Version voll und ganz bestätigen.«

Teddy blickte irritiert von Brandy zu John. »He, nun mal ganz langsam! Ich höre da ständig Gericht und so. Freunde, ich hab' mit dem Ehedrama nichts zu tun! Er kann mich nicht einfach einlochen, bloß weil ich mit seiner Frau ins Bett gesprungen bin!«

»Und ob er das kann«, widersprach Brandy. »Offenbar hast du noch immer nicht begriffen, daß die Uhren bei uns im Süden nach einem anderen Rhythmus ticken als bei euch im Norden. Donald Judge ist Sheriff in diesem Nest, und sein innigster Saufkumpan ist Richter. Wenn die beiden an einem Strang ziehen, kannst du so feste strampeln, wie du willst – du kriegst kein Land unter die Füße.«

»Kurz und gut, du hast so viel Chancen, ungeschoren aus der Sache herauszukommen, wie 'ne Fliege, die im Honig klebt«, stellte John fest.

»Ihr spinnt!« Teddy war blaß geworden.

John McCallum ließ die Zigarettenkippe fallen und trat die Glut mit dem Stiefelabsatz aus. »Partner, du hast das mieseste Blatt in der Hand, das du dir überhaupt vorstellen kannst«, sagte er grimmig. »Und wie ich die Sache so sehe, werden ein paar Jährchen vergehen, bevor du dich wieder in den Sattel eines Trucks schwingen kannst ... Es wird ganz bestimmt nicht dein eigener sein, denn bis dahin wirst du vermutlich keinen lausigen Dollar mehr auf der hohen Kante haben, geschweige denn einen Truck, auf dem noch eine Bankhypothek steht.«

Teddy Nelson schluckte schwer und sank auf die Kante der Pritsche. »Das kann nicht sein.«

»Egghead-Judge ist kein Mann, der leere Drohungen ausstößt«, erwiderte Brandy.

»Doch du hast noch eine Chance«, sagte John.

Teddy sprang auf. »Na los, spuck's schon aus!«

»Der Sheriff wäre unter Umständen gewillt, dich laufenzulassen, aber das hat natürlich seinen Preis.«

»Wieviel?« fragte Teddy nur.

»Fünftausend Dollar bar auf die Hand.«

Teddy lachte bitter auf. »Ich hab' jeden Cent, den ich in den letzten Jahren gespart habe, in den neuen White gesteckt, Mann. Auf meinem Konto stehen gerade noch dreihundertvierzig Dollar! Fünftausend! Ist der Kerl meschugge?«

»Der Kerl ist ein ausgemachter Schweinehund, leider aber in Wilmington ein mächtiger Schweinehund«, sagte John, der mit Teddys Antwort gerechnet hatte.

»Hat er eine Ahnung, daß wir die beiden Trucker sind, hinter denen er her ist?« wollte Teddy wissen.

»Ich vermute, daß er einen Verdacht hat«, antwortete John. »Hast du ihm gesagt, wo dein Truck steht?«

»Bin ich noch zu retten?« fragte der Yankee-Trukker anstelle einer Antwort.

»Ich hab's ihm auch nicht gesagt. Und da der Sheriff nicht auf den Kopf gefallen ist, wird er zwei und zwei zusammenzählen. Viele Gründe, warum wir ihm den Standort unserer Trucks nicht sagen, gibt es ja nicht – dafür jedoch einen sehr gewichtigen. Nur beweisen kann er uns nichts.«

»Noch nicht«, wandte Brandy ein.

John seufzte. »Richtig, wir müssen uns schnell etwas einfallen lassen, wie wir dich hier herausholen, und aus Wilmington verschwinden.«

»Wir?« fragte Teddy. »Euch geht die Sache doch nichts an. Ich meine, ich bin verdammt froh, daß ihr versucht, mich aus dem Loch zu holen, aber euer Bier ist es nicht.«

»Und ob es unser Bier ist, Yankee«, erwiderte John McCallum fast ärgerlich. »Erstens bist du ein Trukker, und ich bin es gewohnt, daß Trucker zusammenhalten – besonders gegen so Stinker wie Egghead-Judge. Und zweitens säßest du nicht hier im Jail von Wilmington, wenn ich nicht die Schwachsinnsidee gehabt hätte, dich auf der Landstraße zu 'ner Wettfahrt herauszufordern. Du siehst, es ist sehr wohl mein Bier.«

»Okay, ich habe bestimmt nicht vor, mich mit dir darüber zu streiten«, sagte Teddy Nelson mit einem leicht verlegenen Lächeln.

»John läßt niemanden im Stich«, sagte Brandy. »Und ich auch nicht.«

»Gut, dann sind wir uns ja einig«, sagte John. »Wir werden schon einen Weg finden, um dich hier rauszuholen, verlaß dich darauf.«

»Danke, John.«

Die Verbindungstür wurde aufgerissen. »Die zehn Minuten sind um!«

»Bis bald, Partner«, sagte John.

»Ich kann's nicht erwarten«, erwiderte Teddy und sank auf die Pritsche, als sich die schwere Metalltür hinter den beiden schloß.

13

Die Tür zum Sheriffbüro stand offen. Egghead-Judge saß hinter seinem Schreibtisch, die schweren Stiefel auf der Tischkante.

»Na, was ist?« rief er mit vollem Mund. Vor sich auf dem Schreibtisch hatte er einen Pappteller mit einem Berg Pommes frites und einem angebissenen Hamburger stehen. Mit einer kleinen Plastikgabel stocherte er in den braunen Kartoffelstäbchen.

Brandy und John traten ins Büro.

»Mach die Tür von draußen zu, Anderson!« befahl er dem Polizisten, der sie aus dem kleinen Zellentrakt geholt hatte.

Anderson schloß die Tür von draußen.

»Also, ich höre!« Ein ungeduldiger Tonfall schwang in der Stimme des Sheriffs mit.

»Wir haben mit ihm gesprochen«, sagte John und wollte sich eine Zigarette anstecken.

»Steck das Räucherstäbchen weg, Trucker!« fuhr Donald Judge ihn an. »Siehst du nicht, daß ich esse, Mann?«

Egghead-Judge machte nicht den Eindruck eines Mannes, der viel auf Kultur gab – weder, was sein Essen noch was sein Äußeres anging. Er wollte einfach seine Macht demonstrieren.

John steckte die Zigarette zurück. »Er ist bereit zu zahlen . . .«

Brandy sah ihn überrascht an, sagte jedoch nichts.

Der Sheriff grinste breit. »Prächtig. Du hast Talent zum Missionar. Wann seh' ich die fünftausend?«

»Ich sagte, er ist bereit zu zahlen«, antwortete John. »Aber fünf Riesen sind für einen Trucker nicht gerade Zigarettengeld, Sheriff. Ich glaube, Sie haben da ein bißchen zu hoch gegriffen.«

Egghead-Judge fixierte ihn mit grimmiger Miene. »Willst du mit mir handeln, Bursche?«

John hielt seinem Blick stand. »Was ist Ihnen lieber, Sheriff: zweitausend Dollar in Ihrer Brieftasche oder keinen müden Cent? Wie ich schon sagte, ein

Trucker hat nicht wie so manch anderer die Möglichkeit, auf die schnelle ein paar Riesen zu machen.«

»Werd' bloß nicht frech, Trucker!« blaffte der Sheriff. »Oder ich steck' dich auch ins Loch!«

»Ich wüßte nicht, was Sie mir ans Zeug flicken könnten, Sheriff!«

Egghead-Judge kniff die Augen zusammen und sagte drohend: »Ich werd' schon was finden, Trukker. Bei Burschen wie euch fällt mir immer was ein, falls du das noch nicht von deinen Kollegen gehört haben solltest.«

John nickte. »Mir ist da so eine häßliche Melodie geflötet worden, Sheriff.«

Brandy griff hastig in die Auseinandersetzung ein. Sie befürchtete, John könnte sich hier um Kopf und Kragen reden. »Fünftausend kann Teddy nie und nimmer aufbringen, darum geht es doch, Sheriff.«

Egghead-Judge stopfte sich Pommes frites in den Mund und überlegte. »Okay, ich werde mich diesmal von meiner großzügigen Seite zeigen. Dreitausend und keinen Cent weniger!«

John verzog das Gesicht zu einem bitteren Ausdruck. »Ein wahres Sonderangebot.«

»Richtig, du Klugscheißer!« zischte Egghead-Judge und sprang auf. Er trat ganz nahe auf John zu und tippte ihm mit seinem fettigen Zeigefinger vor die Brust. »Und dieses Sonderangebot gilt nur bis morgen mittag. Wenn ihr das Geld bis dahin nicht hier auf den Schreibtisch geblättert habt, ist euer Freund reif.«

»Ich nehme an, mit einer Quittung für die drei

Riesen können wir nicht rechnen«, konnte sich John nicht verkneifen zu sagen.

Der Sheriff lächelte gemein. »Ich hasse unnütze Formulare und Bürokratie, Trucker.«

»Hab' ich's mir doch gedacht«, sagte John. »Doch wer garantiert uns, daß Sie sich an unsere Abmachung halten?«

»Du solltest ein bißchen mehr Vertrauen zu den Vertretern von Recht und Ordnung haben, Sonny«, höhnte Egghead-Judge. »So, das wär's. Macht, daß ihr verschwindet. Und seht zu, daß ihr das Geld zusammenbekommt! Morgen mittag will ich drei Tausender sehen – oder euer Truckerfreund hat eine Anklage wegen versuchten Totschlages am Hals!«

»Dieses elende Dreckstück!« fluchte John McCallum und schlug mit der geballten Faust aufs Lenkrad. Ohnmächtige Wut erfüllte ihn. »Und so etwas trägt den Stern des Sheriffs! So ein korrupter Lump!«

»Lumpen und Korruption findest du in allen Ämtern«, erwiderte Brandy.

»Richtig, und je höher das Amt, desto korrupter und skrupelloser sind die Burschen – bis hin zum Weißen Haus!« machte John seinem Zorn Luft. Er warf noch einen Blick auf das flache Ziegelsteingebäude, in dem das Polizeihauptquartier von Wilmington untergebracht war, und startete dann den Wagen, den Big Mäc ihnen überlassen hatte.

»Immerhin hast du ihn auf dreitausend heruntergehandelt«, sagte Brandy, während sie durch die nächtlichen Straßen fuhren. Der Verkehr war gleich

Null. Es begegneten ihnen nur einige wenige Wagen. Wilmington war eben keine Stadt mit einem regen Nachtleben. Wer etwas erlebten wollte, suchte das nächtliche Abenteuer nicht in Wilmington, sondern fuhr nach Shreveport.

John zündete sich eine Zigarette an und kurbelte das Fenster ganz herunter. Es war noch immer drükkend schwül. »Dreitausend! Himmel, er könnte ebensogut dreißigtausend verlangen, Brandy! Hast du drei Riesen auf deinem Sparkonto? Ich jedenfalls nicht. Meine Reserven belaufen sich auf gerade fünfzehnhundert, und davon brauche ich jeden Cent, um unverhoffte Reparaturen bezahlen zu können.«

»Teddy erwartet auch nicht, daß du dein Geld für ihn hinblätterst«, sagte Brandy.

»Komisch, ich würde es tun, wenn ich es könnte – und wenn ich wüßte, daß wir ihn damit wirklich freibekommen«, sagte er nachdenklich. Er kannte Teddy erst ein paar Stunden, doch ihn verband mehr mit diesem Yankee als die paar gemeinsam verbrachten Stunden. Sie hatten einfach dieselbe Wellenlänge und das gewisse Etwas, das das Fundament einer echten Freundschaft bildete. Zum Teufel, er hätte seine fünfzehnhundert bedenkenlos in den Topf geschmissen für Teddy ›Big Apple‹ Nelson!

»Wie meinst du das?«

»Wer garantiert uns, daß Egghead-Judge Teddy auch wirklich laufenläßt, wenn wir ihm die drei Tausender hingeblättert haben?« fragte John grimmig. »Der Sheriff ist ein ausgemachter Schweinehund. Ich habe das Gefühl, daß er erst das Geld nimmt – und dann uns beide hinter Gitter setzt. Denn daß wir es waren, die ihn auf der Landstraße in den Graben geschickt haben, wird ihm vermutlich auch aufgegangen sein. Zwei Trucker, die urplötzlich in Wilmington auftauchen und nicht bereit sind, den Standort ihrer Wagen preiszugeben!«

Brandy seufzte schwer. »Das stimmt natürlich, John. So dumm kann keiner sein, um da nicht mißtrauisch zu werden.«

John McCallum versank in düsteres Schweigen. Die letzten Häuser von Wilmington fielen hinter ihnen zurück. Immer wieder blickte er in den Rückspiegel und ging dann auch mit der Geschwindigkeit herunter.

»Was ist?«

John zuckte die Achseln. »Ich weiß nicht . . . Mir war so, als würde uns ein Wagen verfolgen.«

Brandy drehte sich um. »Weit und breit kein Wagen zu sehen.«

»Was nichts zu sagen hat.«

Brandy sah ihn besorgt an. »Beginnst du schon unter Verfolgungswahn zu leiden?«

Er lachte und gab wieder Gas. Drei Meilen weiter kam die Abzweigung. Vorsichtig lenkte er den Wagen, der zum Glück über Allradantrieb verfügte, über die morastige Piste. Er war froh, als er Licht durch die mit spanischem Moos bewachsenen knorrigen Bäume fallen sah. Big Mäcs Camp im Sumpf von Louisiana.

Der Neger hatte den Kenworth mit der Schnauze in

seine Werkstatt gefahren und sich an die Arbeit gemacht. Sein Gesicht und seine mächtige, nackte Brust glänzten von Schweiß.

»Kommt her!« rief er. »Schaut euch das an!«

John und Brandy gingen um den Truck herum und besahen sich die breite Stoßstange.

»Wie neu, Big Mäc! Ich will verdammt sein, wenn ich damit nicht durch alle Kontrollen komme! Ausgezeichnete Arbeit!« sagte John begeistert und voller Anerkennung.

Brandy fuhr mit der Hand über den funkelnden Chrom. »Nicht ein Kratzer mehr zu sehen oder zu fühlen. Big Mäc, du bist wirklich ein Künstler!«

Der Neger grinste zufrieden und ging zu einem alten, verbeulten Kühlschrank, der gleich neben dem Schuppeneingang stand. Er öffnete die Tür mit der Kneifzange und holte drei Dosen eiskaltes Budweiser Bier heraus. Plötzlich stutzte er. »He, wo ist euer Partner, der Yankee?« wollte er wissen.

John riß die Lasche der Bierdose auf, nahm einen kräftigen Schluck und sagte dann: »Das ist eine lange Geschichte.«

Big Mäc zog die Augenbrauen hoch und lehnte sich gegen eine leere Öltonne. »Ich höre.«

Brandy und John berichteten dem Neger, was sich in Wilmington ereignet hatte. Als Big Mäc hörte, daß Teddy mit der Frau des Truckerhassers Egghead-Judge im Bett überrascht worden war, glaubte er erst an einen Witz.

»Leider ist es bitterernst, Big Mäc«, sagte Brandy mit ernster Miene.

»Sag das noch einmal«, sagte Big Mäc. »Der Yankee war mit Eggheads Lady im Bett, als der die Moteltür eintrat?«

»Ja!« bestätigte John.

»Das ist bitter . . . verdammt bitter sogar«, sagte der Schwarze kopfschüttelnd.

»Teddy sitzt jetzt im Jail«, fuhr Brandy fort. »Und wenn wir bis morgen mittag nicht dreitausend Dollar auftreiben, wird Teddy wegen versuchten Totschlages angeklagt, obwohl daran überhaupt nichts wahr ist. Der Sheriff will uns damit nur erpressen.«

Big Mäc zerdrückte seine leere Bierdose mit einer Hand, preßte sie zu einem knochenähnlichen Stück Blech zusammen und schleuderte sie gegen die Wellblechwand des Schuppens.

»Egghead-Judge!« stieß er mit wild funkelnden Augen hervor. »Wie ich diesen Kerl hasse! Er haßt nicht nur Trucker, sondern würde am liebsten auch jeden Schwarzen teeren und federn lassen, der nicht die Unterwürfigkeit eines Onkel Tom zeigt. Zweimal hat er mich schon eingebunkert und von seinen Handlangern in der Zelle zusammenschlagen lassen.« Er atmete tief durch. »Aber das nur nebenbei. Euer Freund sitzt also bei ihm im Jail.«

John nickte. »Und ich glaube nicht, daß dreitausend Dollar ihn wieder hinters Steuer seines White bringen. Der will mehr als nur bei uns absahnen.«

»Das glaube ich auch nicht«, stimmte Big Mäc ihm zu. »Egghead-Judge wird das Geld einkassieren und vergessen, was er euch als Gegenleistung versprochen hat. Nein, das wäre aus dem Fenster geworfenes Geld.«

»Dann können wir also gar nichts tun?« fragte Brandy ungläubig.

»Ein Anwalt . . .«, begann John.

»Ihr werdet in Wilmington keinen Anwalt finden, der so einen Fall annimmt. Die obere Schicht in dieser Stadt ist viel zu sehr untereinander verzahnt«, meinte der Schwarze. »Man kennt sich vom Country Club her, sitzt zusammen in denselben Komitees und Ausschüssen und macht miteinander gute Geschäfte. Nein, Wilmington ist zu klein, als daß ein Ortsfremder gegen Sheriff Judge eine Chance hätte. Ein Anwalt könnte euren Freund noch nicht einmal auf Kaution herausholen.«

»Weil Richter Ferguson die Summe astronomisch hoch ansetzen würde?« vermutete Brandy.

»Bingo! So ist es!« sagte Big Mäc.

John nippte an seinem Bier. »Damit hätten wir die legalen Möglichkeiten also als zweck- und erfolglos abgehakt«, stellte er fest.

Big Mäc nickte. »So ist es.«

»Womit wir bei den illegalen Möglichkeiten wären«, sagte John McCallum.

Brandy runzelte die Stirn. »Illegale Möglichkeiten? Was meinst du damit?«

John zuckte mit den Achseln und sagte sarkastisch: »Na, Geiselnahme, Erpressung, Bombenanschläge – all solche dramatischen Maßnahmen, mit denen wir Teddy heraushauen können.«

»Ist das dein Ernst?« fragte Brandy verwirrt.

John nickte. »Im Prinzip schon. Oder siehst du einen anderen, legalen Weg?«

»Nein«, räumte sie zögernd ein.

»Hast du schon eine Idee?« wollte Big Mäc wissen. Seine Stimme klang hellwach und irgendwie erregt.

John McCallum schüttelte den Kopf. »Eine Idee habe ich noch nicht. Ich weiß nur, daß wir Teddy irgendwie aus dem Jail herausholen müssen – und zwar gezwungenermaßen mit Methoden, die uns ganz sicherlich nicht zu Kandidaten für die Bürgermedaille machen werden.«

»Und welche Methoden schweben dir vor?« fragte Brandy. »Gewaltsame!« erwiderte John McCallum hart und ohne zu zögern.

14

»Fahr nicht so dicht auf, verdammt!« stieß Joe Colfax hervor, als sie die Kreuzung mit überhöhter Geschwindigkeit überquerten. »Halt mehr Abstand.«

»Du hast gerade doch noch gesagt, ich soll ihn bloß nicht aus den Augen verlieren«, erwiderte Hank Macon gereizt. Allmählich standen ihm Joes Belehrungen bis oben.

»Sind wir hier im New Yorker Berufsverkehr, Mann?« schnaubte Joe. »Wir sind hier in einem Provinzkaff und können ihn meilenweit sehen!«

»Komm mir nachher bloß nicht damit, ich hätte mich abhängen lassen.«

»Nur ein totaler Schwachkopf mit Tomaten auf den Augen könnte sich auf dieser Straße abhängen lassen.«

Hank Macon nahm den Fuß vom Gaspedal und gewährte dem Toyota mehr Vorsprung. Er nagte nachdenklich an seiner Unterlippe. »Was sie bloß bei den Bullen gewollt haben, was meinst du?«

Joe zuckte die Achseln und griff nach den Zigaretten, die auf dem Armaturenbrett lagen. »Zum Hellseher hab' ich's noch nicht gebracht.«

»Wirklich nicht?« spottete Hank.

»Ist doch auch scheißegal, was sie da gewollt haben. Hauptsache, sie fahren jetzt endlich nach Hause, damit wir sie uns vornehmen können.«

»Ich weiß nicht, warum du unbedingt . . .«

Colfax schnitt seinem Komplizen das Wort ab. »Nerv mich nicht ständig mit deinen Einwänden, Hank! Ich hab' mir geschworen, mit ihnen abzurechnen, und dabei bleibt es. Wenn es dir nicht paßt, kannst du ja aussteigen. Also, entscheide dich!«

Hank Macon preßte die Lippen zusammen und schwieg. Aussteigen? Den Teufel würde er tun.

Minuten später waren sie auf der Landstraße, die in südöstliche Richtung aus Wilmington hinausführte. Außer ihrem Wagen und dem Toyota vor ihnen war kein anderes Auto auf der Straße.

»Prächtig!« brummte Joe.

»Was ist prächtig?« wollte Hank wissen.

»Daß die Burschen offensichtlich auf dem Land wohnen. Das erleichtert uns die Geschichte. In der Stadt hätten wir vorsichtiger vorgehen müssen. Aber hier draußen ...« Er grinste diabolisch. »Hier brauchen wir uns keine Zügel anzulegen, sondern können 'nen tollen Tanz veranstalten, den sie nie vergessen werden.«

»Da bin ich ja mal gespannt.«

»Schalt die Lichter aus!« befahl Colfax. »Will den Mistkerl nicht mißtrauisch machen.«

Hank gehorchte.

Einige Meilen weiter glühten plötzlich die Bremslichter des Toyota vor ihnen auf.

»Sie biegen von der Straße ab!« rief Hank.

»Na prächtig. Nichts wie hinterher! Paß bloß auf, daß du die richtige Abfahrt nicht verpaßt!«

»Hältst du mich für vollblind?«

Colfax brummte etwas Unverständliches.

Hank stieg auf die Bremse und fuhr von der Landstraße ab. Schon nach einigen hundert Metern ging der sandige Weg in eine ausgefahrene morastige Piste über.

»Verdammt, wir fahren in den Sumpf!« stieß Hank mit wachsender Besorgnis hervor. »Hier kann doch beim besten Willen keiner wohnen! Außerdem sahen die Typen nicht so aus, als würden sie irgendwo am Arsch der Welt in irgendeiner schäbigen Bruchbude wohnen. Warum drehen wir nicht um ...«

»Halt die Klappe, Hank!« fiel Colfax ihm ins Wort. »Wenn die mit ihrem Toyota hier durchgefahren sind, schaffen wir das auch.«

»Vielleicht war das doch nicht die richtige Abzweigung«, gab Hank zu bedenken.

»Halt an und stell den Motor ab!«

Hank sah ihn verständnislos an. Joe konnte manchmal so scheinbar zusammenhanglos und sprunghaft sein. »Anhalten? Aber warum denn?«

»Anhalten, verdammt noch mal!« befahl Joe Colfax mit scharfer Stimme. »Ich will hören, ob wir richtig sind oder nicht, kapiert?«

»Ach, so . . .«

Hank hielt an einer relativ sicheren Stelle und schaltete den Motor aus. Colfax lehnte sich aus dem Fenster und lauschte angestrengt in die Nacht. Er konnte deutlich Motorengeräusch vernehmen. Und die Richtung, aus der das Geräusch kam, stimmte mit der des sumpfigen Weges überein.

»Sie sind vor uns«, sagte Joe zufrieden. »Wir sind richtig abgefahren.«

»Ja, klingt so«, brummte Hank mißmutig.

»Los, weiter! Wir müssen aufholen!«

Fluchend ließ Hank den Motor kommen und trat das Gaspedal durch. Er jagte den Chevy über den im Dunkeln kaum erkennbaren Weg. Mehrmals geriet der Wagen ins Schlingern und drohte mit dem Heck auszubrechen. Hank überlegte insgeheim, ob er den Wagen nicht absichtlich in den Schlamm setzen sollte. Dann hätte das zweifelhafte nächtliche Abenteuer ein Ende.

Doch sein Komplize schien seine Gedanken erraten zu haben. »Wenn du die Kiste nicht auf dem Weg halten kannst, sag es!« zischte Colfax drohend. »Dann übernehme ich das Steuer! Aber warte damit nicht, bis du die Kiste in irgendein Dreckloch festgefahren hast, okay?«

Hank latschte voll auf die Bremse. Er hatte genug von Colfax' Sticheleien. Er verstand, daß Colfax stinksauer war wegen der Prügel, die er hatte einstecken müssen. Aber er sah nicht ein, daß er als Zielscheibe für seine miese Laune herhalten sollte.

»Ist mir recht, Colfax!« knurrte er, stieg aus und ging um den Wagen herum. »Wenn du Schlammfahrer spielen willst, nur zu! Kannst jetzt ja mal zeigen, wie gut du auf so 'ner Piste bist.«

»Schlechter als du kann man ja kaum fahren«, murmelte Joe, jedoch so leise, daß sein Komplize ihn nicht verstehen konnte.

Colfax rutschte hinter das Steuer und fuhr an. Ohne Scheinwerferlicht war es tatsächlich nicht einfach, die Fahrspuren in der Dunkelheit im Auge zu behalten. Es gab Stellen, wo die Fahrspur in einer großen Wasserlache endete, um dann dreißig, vierzig Meter weiter wieder aus den Wassermulden aufzutauchen und sich durch das hohe Gras zu schlängeln. An einer dieser Stellen machte der Weg eine Linkskurve. Bei eingeschalteten Scheinwerfern war die Richtungsänderung zu erkennen. Colfax jedoch fuhr ohne Licht und steuerte geradeaus – und er hatte ein zu hohes Tempo für diesen Schlammpfad drauf.

So geschah es.

Als die Vorderachse absackte und er seinen Fehler erkannte, war es schon zu spät. Der Chevy versank vorn bis zur Stoßstange im Morast. Colfax trat auf die Bremse, und der Wagen rutschte mit dem Heck herum.

Fluchend legte er den Rückwärtsgang ein und gab Gas. Die Räder gruben sich nur tiefer in den Morast. Sie saßen fest.

Einen Augenblick herrschte angespanntes Schweigen im Wagen. Joe Colfax preßte die Lippen so fest zusammen, umklammerte das Steuer und starrte stur geradeaus in die scheinbar undurchdringliche Nacht.

Hank dagegen zündete sich mit aufreizender Ruhe eine Zigarette an, schnippte das Streichholz aus dem Fenster und inhalierte tief, bevor er das Schweigen brach.

»Soviel also zu deinen Fahrkünsten!« stellte Hank Macon mit unverhohlenem Spott fest. »Ich gebe zu, daß ich von dir doch ein bißchen mehr erwartet hätte . . .«

»Halt die Schnauze!« Joe Colfax kochte innerlich vor Wut auf Hank und auf sich selbst. Warum hatte ihm das auch passieren müssen.

»Wir sitzen fest, nicht wahr?«

»Das juckt mich einen Dreck, Mann.«

»Und wie kommen wir wieder hier raus? Ohne Abschleppwagen läuft doch gar nichts«, stellte Hank geradezu genüßlich fest und lehnte sich zurück, als gedächte er, es sich für den Rest der Nacht im Wagen so gemütlich wie möglich zu machen.

»Es kann nicht mehr weit sein«, erwiderte Joe grimmig. »Wir machen sie erst fertig und organisieren uns dann ihren Wagen. Na los, steig aus, oder willst du hier in den Swamps übernachten!«

Die beiden Gangster stiegen aus dem Wagen, versanken bis tief über die Knöchel im Morast und wateten hinüber auf festeren Boden.

»Ich war schon immer ein Freund von romantischen Nachtwanderungen«, stichelte Hank.

Joe verkniff sich eine Erwiderung.

Die Luft war schwül und feucht wie in einer Waschküche. Myriaden von Grillen veranstalteten ein lautes nächtliches Konzert, und ebenso viele Moskitos bevölkerten das sumpfige Gelände. Sie rochen die Menschen und holten sich ihr Blutopfer.

»Da ist Licht!« rief Colfax zehn Minuten später erleichtert.

»Endlich«, keuchte Hank Macon, der ins Schwitzen gekommen war und alle Hände voll zu tun hatte, sich der stechfreudigen Moskitos zu erwehren.

»Ich nehm' die Sache in die Hand, damit das klar ist«, sagte Colfax und zog seinen Revolver.

Vorsichtig bewegten sie sich durch das dichte Gebüsch und nutzten die Deckung der mächtigen Eichen, die an dieser höher gelegenen Stelle wuchsen.

»Mensch, zwei Trucks!« stieß Hank Macon ungläubig hervor, als sie nahe genug heran waren, um den großen freien Platz mit den Wellblechschuppen, dem Wohntrailer und der Blockhütte überblicken zu können.

Joe Colfax verzog das Gesicht zu einem Grinsen, das triumphierend sein sollte. Wegen der blutigen Zahnlücken wurde es jedoch nur eine abstoßende Grimasse. »Na also, da haben wir doch genau das, was wir gesucht haben!«

»Kannst du mir mal sagen, was zwei 18-Wheeler an diesem gottverdammten Ort im Sumpf zu suchen haben?« fragte Hank Macon. »Wer einen solchen Lastzug freiwillig hierhin durch den Morast peitscht, muß dafür verdammt gute Gründe haben. Gründe, für die sich die Bullen interessieren dürften. Was meinst du?«

Joe Colfax hegte ähnliche Gedanken. »Schon möglich.«

»Hör mal, ich will mich nicht mit der Konkurrenz anlegen.«

»Mach dir nicht gleich ins Hemd! Wir brauchen einen Truck, und hier stehen gleich zwei fertig zum Abholen vor unserer Nase.« Ohne eine Antwort abzuwarten, schlich er weiter, umging einen Dornenbusch und gelangte in den tiefschwarzen Schlagschatten des White-Lastzuges.

Hank folgte ihm dicht auf den Fersen. Sie hörten Stimmen und sahen im nächsten Moment die drei Gestalten im Eingang des Wellblechschuppens.

Joe Colfax faßte seinen Revolver fester, leckte sich über die Lippen und machte eine knappe, unmißverständliche Kopfbewegung.

»Los!« raunte der hagere Gangster und sprang aus der Deckung in den Lichtkreis.

15

Big Mäc spürte, daß irgend etwas nicht stimmte, daß jemand in der Nähe war, bevor er eine Bewegung sah. Seine mächtige Gestalt straffte sich.

»Da ist . . .«, begann er.

Er kam nicht mehr dazu, seinen Satz zu beenden. Die beiden Gangster sprangen hinter dem Trailer des White hervor, Revolver in den Händen.

»Keine Bewegung!« gellte Joe Colfax' Stimme. »Flossen über den Kopf!«

Brandy schrie auf und erstarrte vor Schreck.

John McCallum reagierte instinktiv. Er wirbelte herum und griff nach der Brechstange, die neben ihm auf einer Werkbank lag.

Joe Colfax zog den Abzug durch. Sein Revolver krachte. Die Kugel durchschlug das Wellblech über Johns Kopf. »Laß die Finger davon!« brüllte er. »Die nächste Kugel brennt dir 'n Loch in die Weste, Trukker!«

John ließ die Brechstange los.

»Der Nigger!« schrie Hank Macon warnend.

Big Mäc war vorsichtig rückwärts gewichen. Nun duckte er sich blitzschnell hinter eines der leeren Benzinfässer und warf sich zu Boden.

»Komm raus!« schrie Colfax und gab zwei Schüsse auf die leeren Fasser ab.

Doch Big Mäc dachte gar nicht daran, dem Befehl Folge zu leisten. Er hatte sich abgerollt und rannte nun geduckt und im Zick-Zack ans Ende des Schuppens. Der hintere Teil der Wellblechhalle, wo viele

Bleche und andere Buggyteile lagerten, war in Dunkelheit getaucht. Er erreichte die Hintertür, stieß sie auf, warf sich ins Freie und verschmolz mit dem Schatten der Nacht.

»Er entkommt!« schrie Hank und ballerte wahllos in das Dunkel. Die Geschosse prallten von massiven Metallteilen ab und jaulten als Querschläger durch den Wellblechschuppen.

»Laß das sein!« fuhr Colfax seinen Komplizen an und überlegte fieberhaft. Der Schwarze war entkommen. Wie gefährlich der Bursche war, wußte er nicht. Er wußte nur, daß jetzt keine Zeit mehr war, mit dem Trucker abzurechnen. Wenn sie ihnen einen Truck abnahmen, war das Rache genug.

»Wir müssen ihn . . .«

»Vergiß den Nigger!« fiel Colfax ihm scharf ins Wort. »Sieh nach, ob eine der Kisten fahrbereit ist! . . . Und ihr beiden rührt euch nicht von der Stelle!«

Hank Macon lief zum Volvo-White-Truck, riß die Tür auf und schwang sich ins Fahrerhaus.

John McCallum sah dem hageren Gangster unerschrocken ins Auge. »Ihr laßt besser die Hände von den Trucks und verpißt euch, Jungs«, sagte er ruhig. »Mit 'nem geklauten Truck kommt ihr nicht aus Wilmington. Der Sheriff hat euch am Haken, bevor ihr wißt, was Sache ist.«

»Spar dir deinen Atem, Trucker! Wir wissen schon, was wir tun!« erwiderte Colfax und bewegte sich vorsichtig rückwärts auf den White zu.

»Schlüssel steckt!« rief Hank Macon aus der Fahrerkabine. »Und die Fracht- und Wagenpapiere haben sie uns auch gleich ins Handschuhfach gelegt!«

»Okay, schmeiß die Maschine an!« befahl Colfax, wandte sich dem Toyota zu und feuerte eine Kugel in den linken Hinterreifen. Dann drehte er sich zum Kenworth um und jagte eine Kugel in den Hinterreifen der Zugmaschine.

In dem Moment tauchte Big Mäc zwischen Wohnwagen und Blockhütte auf, eine doppelläufige Schrotflinte in den Händen.

»Ich puste euch von hier bis nach Oklahoma!« brüllte er und feuerte einen Schuß ab. Die Schrotladung prasselte ein, zwei Meter vor Colfax in den Boden.

»Runter mit dem Gewehr, oder du hast 'ne Leiche an der Hand!« schrie Colfax zurück, den Revolver auf John McCallum gerichtet.

Es war ein Patt.

Hank ließ den Motor des White kommen, stieß die Beifahrertür auf und fuhr langsam an. »Los, steig ein!« schrie er mit schriller, sich fast überschlagender Stimme.

Colfax ging auf den Truck zu, den Revolver immer auf John McCallum gerichtet. Er stellte sich auf das Trittbrett, hielt sich mit der Linken am Türrahmen fest und gab Big Mäc keine Chance, einen Schuß auf ihn abzugeben.

»Gib Gas, Mann!« befahl Colfax.

Die Maschine des White heulte auf, und der Lastzug donnerte über die Lichtung auf den schmalen Weg zu, der durch das sumpfige Gelände zur Landstraße führte. Mit aufgeblendeten Scheinwerfern jagte Hank Macon den 18-Wheeler aus dem Camp.

Joe Colfax rechnete jeden Moment damit, daß der Schwarze ihnen eine volle Schrotladung in die Hinterreifen schicken würde. Doch der Schuß blieb aus, und dann waren sie außer Reichweite des Gewehres. Er grinste breit. Sie hatten einen brandneuen White-Lastzug unter dem Hintern, mit allen notwendigen Papieren. Die Trucker hatten keinen Wagen, mit dem sie die Verfolgung hätten aufnehmen können. In vierzig Minuten würden sie über die Grenze und in Texas sein! Wenn sie das nicht sauber hingekriegt hatten . . .

»Wir müssen irgend etwas unternehmen!« stieß Brandy, noch ganz unter dem Schock des Überfalls, zittrig hervor. »Die Polizei über CB alarmieren . . .«

»Das werden wir schön bleiben lassen. Die Polizei! Das fehlte uns gerade noch!« John McCallum trat wutentbrannt gegen einen Blecheimer. »Verdammt noch mal, warum hast du ihnen nicht die Reifen unter dem Hintern weggeblasen?« wollte er wissen, als Big Mäc angelaufen kam. »Jetzt sitzt Teddy nicht nur im Knast, sondern kann auch noch seinen Truck abschreiben.«

»He, nun mal langsam . . .«, begann Big Mäc.

»Ehe wir die Reifen gewechselt haben, sind die schon längst über alle Berge.«

»Es gab keinen Grund dazu, Partner. Die Kerle entkommen uns schon nicht.«

»Bist du so ein guter Sprinter?« fragte John sarkastisch.

»Nein, aber ich kenne mich in diesem Sumpf aus«, erwiderte Big Mäc gelassen. »Wir werden sie eingeholt haben, bevor sie die Landstraße auch nur sehen können.«

»Und womit?«

»Mit dem *Dirt Digger,* meinem Sumpf-Buggy!«

John sah ihn eine Sekunde verdutzt an und schlug sich dann lachend vor die Stirn. »Na klar! Himmel, darauf hätte ich auch kommen können. Dann nichts wie los!«

»Die Kiste steht hinter dem Schuppen!«

»Soll ich irgend etwas tun?« fragte Brandy, begierig, etwas zu tun.

»Ja, stell noch 'n paar Dosen Bier in den Kühlschrank. Nach der Schlammfahrt werden wir mächtig Durst haben!« rief Big Mäc ihr über die Schulter zu. Der *Dirt Digger* hatte wenig Ähnlichkeiten mit einem normalen Buggy. Er hatte fast mannshohe und überbreite Traktorreifen. Man saß in Stahlrohrsitzen direkt vor der mit Blechen abgeschirmten Maschine und umgeben von dicken Überrollbügeln und einigen Schutzschildern, die bei der Fahrt den gröbsten Schlamm und Dreck abhalten sollten.

Big Mäc sprang in den Fahrersitz, schnallte sich mit einem Dreipunktgurt an und startete den Motor, der mit einem Höllenlärm zum Leben erwachte.

John schnallte sich ebenfalls an und nahm das Schrotgewehr an sich.

»Halt dich fest und versuch mitzuschwingen!«

schrie der Schwarze ihm zu. »Es wird eine verdammt rauhe Fahrt.«

»Hab' die letzten fünfzehn Jahre nicht auf 'nem Dreirad verbracht, Big Mäc. Laß sehen, was du drauf hast!«

Big Mäc hatte eine Menge drauf. Er trat das Gaspedal durch, und es begann eine Fahrt, wie John sie sich noch nicht einmal in seinen wildesten Träumen hätte vorstellen können. Wie ein Mondfahrzeug bewegte sich der *Dirt Digger* über Land und schüttelte sie durcheinander.

Dann ging es in den Sumpf. Die Reifen schleuderten wahre Dreck- und Schlammfontänen zu beiden Seiten in die Höhe. Im Nu waren sie über und über mit dem stinkenden Morast bedeckt. Der Schlamm drang ihnen unter Hemd und Hose und knirschte zwischen den Zähnen.

Wie ein Wahnsinniger peitschte Big Mäc den *Dirt Digger* querfeldein, der wie ein Dampfer bei rauher See hin und her schwankte, wenn sie durch wassergefüllte Mulden rasten, über schilfbewachsene Inseln bretterten und im nächsten Moment wieder durch knietiefen Morast pflügten.

John sah kaum noch etwas. Seine Augen waren schlammverklebt. Und er wurde so durchgeschüttelt, daß er jeden einzelnen Knochen zu spüren glaubte. Äste peitschten die Überrollbügel und hinterließen auf seinen Händen, die sich um das Stahlrohr klammerten, blutige Kratzer.

Big Mäc genoß die wüste Fahrt sichtlich: Sein schlammbedecktes Gesicht war zu einem breiten

Grinsen verzerrt. Doch diesmal leuchtete sein Gebiß nicht strahlend weiß, sondern war so dunkel wie alles andere.

Und er sang mit lauter, unmelodischer Stimme irgendeinen Song. John bekam nicht viel davon mit, weil der Motor in seinem Rücken einen infernalischen Lärm erzeugte.

Der *Dirt Digger* tauchte aus einer Morastfläche wie ein U-Boot auf, raste eine kleine grasbewachsene Anhöhe hoch, machte auf der Kuppe einen mächtigen Satz und knallte jenseits des kleinen Festlandbuckels in einen breiten, seichten Wassergraben.

»Da ist der Truck!« schrie Big Mäc plötzlich und wies nach rechts.

Jetzt sah auch John die Scheinwerfer des Trucks.

Doch statt nach rechts zu lenken, zog Big Mäc den *Dirt Digger* nach links und entfernte sich vom 18-Wheeler.

»He, da drüben ist die Action!« schrie John.

»Der Weg macht einen weiten Bogen!« schrie Big Mäc zurück. »Wir kürzen ab!«

»Okay.«

Big Mäc fuhr jetzt mit Vollgas. Das Gestänge ächzte, und die Schutzbleche schepperten, als wollten sie sich jeden Moment losreißen und ihnen um die Ohren fliegen.

»Mach dich bereit!« schrie der Schwarze, während sie an einer langen Buschreihe entlangrasten. »Gleich kommt er!«

»Bereit wozu?«

»Laß dir was einfallen!« brüllte Big Mäc und zeigte

ihm sein schlammverschmiertes Gebiß. »Notfalls wirst du ihn aus dem Sitz schießen müssen!«

»Ja, vorausgesetzt, sie pumpen uns vorher nicht voll Blei!« gab John zurück.

»Da ist der Truck!« schrie Big Mäc.

Der 18-Wheeler kam von rechts herangeschossen. Hank Macon sah plötzlich das merkwürdige Gefährt mit den riesigen, monströsen Reifen links von sich und bekam einen Schreck. Er riß das Steuer nach rechts und hätte den Lastzug fast vom Weg abgebracht.

»Ich bring' dich ganz nahe ran!« schrie Big Mäc.

»Paß auf, daß er uns nicht platt walzt!«

»Werd' daran denken!«

Big Mäc zog mit der Zugmaschine gleich.

John löste seinen Gurt und machte sich sprungbereit. In dem Moment tauchte Joe Colfax hinter seinem Komplizen auf, beugte sich vor und feuerte seinen Revolver auf sie ab. Grelles Mündungsfeuer schoß dreimal aus dem Lauf der Waffe. Zwei der Geschosse schlugen zwischen ihren Füßen in die Bodenbleche. Die dritte Kugel sirrte haarscharf an Big Mäcs Kopf vorbei.

»Verdammt noch mal, gib ihnen schon endlich, was sie haben wollen!« brüllte Big Mäc. »Bevor sie uns in 'n Sieb verwandeln!«

»Okay, okay!« schrie John McCallum zurück und riß das Schrotgewehr hoch. Er zielte auf das offene Fenster. Jetzt ging es um ihr Leben. Entweder sie oder die beiden Gangster.

John McCallum riß den Abzug des rechten Laufes

durch. Der Gewehrkolben donnerte gegen seine Schulter. Und die geballte Schrotladung fegte durch das Fenster in schrägem Winkel in die Fahrerkabine.

Hank hatte sich geistesgegenwärtig geduckt. Und auch Joe Colfax hatte Deckung gesucht, doch nicht schnell genug. Es erwischte ihn am rechten Arm und am linken Ohr. Mit einem gellenden Aufschrei taumelte er auf die Beifahrerseite. Der Revolver entglitt seiner kraftlosen Hand. Er war nur leicht verletzt, doch der feurige Schmerz in Ohr und Arm und das Blut ließen ihn alles andere vergessen.

»Näher ran!« schrie John, der die Gunst des Augenblicks nutzen wollte.

Big Mäc zog den *Dirt Digger* nach rechts. Zwischen den breiten Traktorreifen und denen des Trucks war kaum noch eine Armlänge Platz, als John sprang, das Gewehr in der Linken.

Im selben Augenblick schlug Hank Macon das Steuer scharf nach links und rammte den *Dirt Digger*. John krachte gegen die Fahrertür und bekam noch im letzten Moment den Türrahmen zu fassen. Er wurde von seinem eigenen Schwung und dem plötzlichen Manöver des Trucks nach hinten gerissen, berührte mit der Schulter das heiße Auspuffrohr und schrie auf.

Aus den Augenwinkeln sah er, wie der *Dirt Digger* vom Rammstoß des Trucks vom Boden hochgeschleudert wurde. Die Vorderreifen kamen aus dem Morast und hingen für ein, zwei Sekunden frei in der Luft. Dann drehte sich der Schlammbuggy um seine eigene Längsachse, überschlug sich und kippte dann schwerfällig wie ein mächtiger Käfer wieder auf die Räder.

John hatte keine Zeit, sich um Big Mäc Sorgen zu machen. Er hing mit nur einer Hand an der Tür, und der Gangster hinter dem Steuer wollte diese Situation nutzen. Er stieß die Tür auf, und John schwang nach außen.

Er hätte das Schrotgewehr fallen lassen können, doch dann wäre er geliefert gewesen. Ohne Waffe hatte er kaum eine Chance, den 18-Wheeler zum Stehen zu bringen. Doch mit ihr war es ebenso unmöglich, das Schrotgewehr in Anschlag zu bringen. Er hatte Mühe genug, sich am Rahmen festzuhalten.

Seine Chance kam jedoch schon im nächsten Moment. Der Morastweg machte eine Linksbiegung. Hank schlug das Steuer automatisch nach links ein, während er nach dem Revolver suchte, den sein Komplize hatte fallen lassen.

Die Tür schwang wieder nach innen.

John McCallum nutzte den Schwung, riß das Schrotgewehr hoch und rammte dem Gangster den Lauf in den Magen. »Runter vom Gas!« schrie er ihn an. »Oder ich blas dir ein Schaufenster in deinen Wanst!«

Hank Macon röchelte erstickt und nahm sofort den Fuß vom Gaspedal.

»Schön ruhig bleiben, Freundchen. Und wehe, du setzt den Truck in den Sumpf. Dann bist du reif für deine eigene Beerdigung!« drohte er ihm und hoffte, daß der Gangster den Bluff nicht erkannte.

Die Landstraße kam in Sicht. Der Boden wurde sandiger. Die Gefahr, mit dem Truck steckenzubleiben, war vorbei.

»Anhalten!« befahl John.

»Mein Gott, nimm das Gewehr weg!« keuchte Hank Macon. »Ich tu' ja, was du willst, Mann! Aber sieh zu, daß die Knarre nicht von selbst losgeht!«

Der Volvo-White kam zum Stehen.

John McCallum beugte sich schnell vor und schaltete die Scheinwerfer aus. Er hörte das Dröhnen des Schlammbuggy. Big Mäc war also in Ordnung. Augenblicke später tauchte der *Dirt Digger* auf der Beifahrerseite des Trucks auf. Der Schwarze sprang aus dem Gefährt und riß die Tür auf. »Alles unter Kontrolle, Partner?« fragte er mit einem breiten Grinsen.

John McCallum erwiderte das Grinsen. »Alles im Griff. Aber eins sage ich dir: Freiwillig setze ich mich nicht noch einmal in deinen *Dirt Digger.* Für die nächsten zwanzig Jahre habe ich genug Schlamm um die Ohren gepeitscht bekommen.«

»Schlamm ist gut für die Haut«, spottete Big Mäc und hob den Revolver auf, den er hinter dem Beifahrersitz entdeckte. Joe Colfax jammerte noch immer und hielt sich sein Ohr.

»Kann es mir nicht leisten, noch schöner auszusehen«, erwiderte John McCallum, unendlich erleichtert, den Coup der Gangster vereitelt zu haben. »Was machen wir mit den beiden?«

»Wir werden sehen. Bringen wir erst einmal den Truck zum Camp zurück.«

»Ten-four, Big Mäc.«

16

Brandy zog die Tür mit der Moskitobespannung hinter sich zu. »Okay, sie sind versorgt.«

»Habe ich den Burschen schlimm erwischt?« fragte John McCallum.

Brandy verzog das Gesicht zu einem spöttischen Lächeln. »Der Hagere hat genug abbekommen, um das so schnell nicht zu vergessen, John. Aber zuwenig, um so zu jammern, wie er es tut.«

»Also müssen wir ihn nicht zum Arzt schaffen?« fragte Big Mäc.

Brandy schüttelte den Kopf. »Nein. Keine ernsthaften Verletzungen. Ich habe 'ne Menge Jod draufgekippt und seinen Arm verbunden.«

Big Mäc atmete auf. »Wir haben schon so Schwierigkeiten genug.«

Sie saßen im Wohntrailer des schwarzen Truckers. Nachdem sie den Truck zum Camp zurückgebracht hatten, hatten sie die beiden Gangster gefilzt, sie bombensicher gefesselt und sie dann in die Blockhütte gebracht. Brandy hatte sich dann um den Verletzten gekümmert, während sie aus ihren schlammverkrusteten Klamotten gestiegen und eine ausgiebige Dusche genossen hatten.

»Die Kreditkarten und Führerscheine sind auf Harry Meeker und Jeff Carlton ausgestellt«, sagte John McCallum, als Brandy sich zu ihnen an den Küchentisch setzte. Big Mäc hatte für jeden einen großen Becher Schnellkaffee gemacht. Sie hatten eine Menge zu besprechen. Und John ging jede Wette ein, daß sie diese Nacht nicht viel Schlaf bekommen würden – wenn überhaupt.

Big Mäc verzog das Gesicht. »Bezweifle, daß das ihre richtigen Namen sind.«

»Ganz deiner Meinung«, stimmte John ihm zu. »Die Kerle wußten genau, was sie mit dem White wollten. Ich bin sicher, daß sie eine Menge Dreck am Stecken haben und daß sich die Bullen garantiert liebend gern mit ihnen beschäftigen würden.«

»Willst du sie der Polizei übergeben?« wollte Brandy wissen.

John McCallum schüttelte den Kopf. »Habe nicht vor, freiwillig zur Schlachtbank zu gehen, Brandy. Übergeben wir sie den Bullen, sind wir gleich mit reif. Nein, ich bin dafür, daß wir sie laufenlassen.«

Big Mäc nickte zustimmend. »Bullen hier in meinem Camp kann ich so sehr gebrauchen wie ein Dutzend Hämorrhoiden am Hintern. Fragt sich nur, wann und wo wir sie laufenlassen.«

John McCallum zuckte die Achseln. »Das wird sich schon noch ergeben.«

»Okay.«

John tippte auf den Stoß Banknoten, den sie in den Taschen der beiden gefunden hatten. »Tausendvierhundert Dollar. Eine Menge Bargeld.«

Big Mäc schlürfte geräuschvoll seinen heißen Kaffee. »Gott sei Dank, daß sie 'n paar Dollar in den Taschen hatten. Sie haben uns ein paar Ausgaben gemacht, für die sie blechen werden. Der kaputte Reifen an meinem Toyota, der Schluppen an deinem Ken, John, und die Schäden durch die Ladung Schrot im White. Dazu kommen noch ein paar Kleinigkeiten. Überschlagen wir, was das kostet. Den Rest stekken wir ihnen wieder in die Hosen.«

John McCallum war damit einverstanden.

»Und jetzt zu unserem echten Problem«, sagte der Schwarze dann.

»Teddy.«

»Richtig, unser Yankee-Sorgenkind. Du hattest vorhin einen interessanten Vorschlag gemacht, bevor uns die Kerle unterbrochen haben. Wie meintest du das mit ›gewaltsamen Mitteln‹?« wollte Big Mäc wissen.

John zuckte die Achseln. »Wir müssen Teddy raushauen. Und das schaffen wir nur auf die krumme Tour.«

Brandy runzelte die Stirn. »Willst du das Polizeigebäude vielleicht im Sturmangriff nehmen?«

»Nein, sicherlich nicht. Aber einen sehr soliden Eindruck macht dieses flache Backsteingebäude nicht.«

Big Mäc lächelte spöttisch. »Da hast du recht. Das Haus ist schon seit zwanzig Jahren ein Provisorium. Die wenigen Zellen sind ja eigentlich auch nur für Raufbolde oder Betrunkene gedacht, die sich da 'ne Nacht abkühlen und am Morgen vor den Schnellrichter kommen.«

»Wenn ich mich nicht irre, soll das Polizeihauptquartier irgendwann im nächsten Jahr abgerissen und durch einen Neubau ersetzt werden«, erinnerte sich Brandy. »Stand vor ein paar Wochen in der Zeitung.«

John blickte den Schwarzen mit fragend hochgezogenen Augenbrauen an. »Was meinst du, Big Mäc, sollen wir ihnen nicht einen Gefallen tun und den Termin für diesen Abriß ein wenig vorverlegen?«

Big Mäc grinste. »Ich find', das ist 'ne mächtig gute Idee, Partner.«

Brandy blickte sie verdutzt an. »Was wollt ihr?«

»Die Polizeibude am Jackson Square einreißen«, erklärte Big Mäc mit einem fröhlichen Grinsen. »Ich weiß auch schon, wie.«

John nickte ihm auffordernd zu.

»Ich hab' da einen guten Freund in der Stadt, der ist im Baugewerbe tätig. Hat 'nen ganzen Fuhrpark mit schweren Baumaschinen. Bin sicher, daß er uns was Geeignetes ausleiht . . .«

»Bist du sicher, dein Freund riskiert sein Geschäft für so eine Sache?« Brandy machte einen skeptischen Eindruck. »Das glaube ich nicht.«

»Er braucht gar nicht aktiv daran teilzunehmen«, beruhigte Big Mäc sie. »Er soll nur wegschauen, wenn ich mir eine seiner Maschinen kurzfristig ›ausleihe‹.«

Brandy stieß die Luft heftig aus. »Mensch, wißt ihr, wovon ihr da überhaupt redet?«

John nickte. »Ja, von einem ganz dicken Ei. Wenn wir geschnappt werden, landen wir alle im Knast. Aber das Risiko gehe ich ein. Ich lasse Teddy nicht im Jail von Wilmington versauern. Was ist mit dir, Big Mäc?«

»Die Frage hättest du dir sparen können, Partner!«

antwortete er fast beleidigt. »Es wird mir ein Vergnügen sein, Egghead-Judge endlich eins zwischen die Augen zu verpassen – wenn auch nicht unbedingt buchstäblich.«

John wandte sich Brandy zu. »Hör mal, wenn dir die Sache zu brenzlig ist, solltest du wirklich besser Distanz zu uns halten und zu dir nach Hause fahren. Ich würde das gut verstehen.«

»Kommt gar nicht in Frage!« erwiderte Brandy entschlossen. »Ich war mit Wilmington sowieso fertig. Ich bin mit von der Partie. Und zu mir nach Hause fahre ich nur, um ein paar Sachen einzupacken. Viel ist es ja sowieso nicht.«

»Sachen einpacken ... Das erinnert mich an die Frau des Sheriffs«, sagte John. »Wir sollten Kontakt mit ihr aufnehmen. Vielleicht kann sie uns bei unserer Aktion helfen.«

»Und wie?« wollte Big Mäc wissen.

»Wenn wir Teddy aus dem Jail geholt haben, müssen wir umgehend aus der Gegend verschwinden und über die Grenze nach Texas. Da drüben hat Egghead-Judge nichts zu sagen.«

»Richtig«, stimmte der schwarze Trucker ihm zu. »Sind wir erst einmal auf texanischem Boden, können wir unsere Spuren leicht verwischen.«

»Aber zuerst einmal müssen wir an den Kontrollen des Sheriffs vorbei. Und wo genau diese Kontrollen sind, das könnte sie doch für uns herausbekommen. Immerhin ist sie die Frau des Sheriffs und kennt seine Untergebenen. Ich gehe jede Wette ein, daß Egghead-Judge es nicht an die große Glocke gehängt hat, was der Trucker im Jail mit seiner Frau zu tun hat.«

Brandy nickte eifrig. »Und noch weiß ja wohl auch niemand, daß sie ihren Mann verlassen will.«

Big Mäc nagte an seiner Unterlippe. »Mhm, da ist schon was dran. Wir könnten mit ihr noch 'n Joker gezogen haben.«

John sprang auf. »Ich ruf' sie über CB. Und du solltest deinen Freund aus dem Baugewerbe anrufen. Wir müssen noch eine Menge vorbereiten und das Terrain sondieren.«

»Wann soll es denn überhaupt zur Sache gehen?« fragte Brandy.

»Eine Stunde vor Sonnenaufgang«, schlug der Schwarze vor. »Die Bullen, die dann noch Dienst haben, sind dann von der langen Nacht müde. Das ist der beste Zeitpunkt, um anzugreifen.«

»Alte indianische Kriegsweisheit, was?« spottete John.

»Nein, alte Kriegsweisheit aufständischer Sklaven«, gab Big Mäc zurück und ließ sein Gebiß aufleuchten.

»Okay, dann an die Arbeit.«

»He, was ist mit Teddy?« fragte Brandy.

»Was soll mit ihm sein?«

»Na, jemand muß ihn doch davon informieren.«

»Brandy, du hast dir soeben einen wichtigen Job verschafft. Teddy wird sich freuen, dich zu sehen.«

17

Frederik Anderson kämpfte gegen die Müdigkeit an. Er nickte immer mal wieder ein. Es war einfach stinklangweilig, im Polizeirevier Nachtdienst zu schieben. Vor allem zwischen zwei und sechs Uhr morgens, wenn Wilmington in einem totenähnlichen Schlaf lag.

Der junge, pickelgesichtige Polizist schreckte plötzlich auf, als er die Schwingtür schlagen hörte.

Es war Lucy Judge, die Frau des Sheriffs.

Frederik Anderson knöpfte hastig seine Uniformjacke zu, fuhr sich automatisch über das Haar und sprang hinter seinem Schreibtisch auf.

»Guten Morgen, Mrs. Judge!« begrüßte er sie mit steifer Höflichkeit und hatte Mühe, nicht auf ihren Busen zu starren. Lucy Judge trug ein weit ausgeschnittenes Kleid. Ein verdammt weit ausgeschnittenes Kleid sogar. Es ermöglichte einen tiefen Einblick in ihre Kostbarkeiten. Einen Unterrock trug sie auch nicht, so daß sich die Konturen ihres Körpers deutlich abzeichneten. Die Umrisse ihres Minislips brauchte man nicht zu erahnen, man sah sie, wenn das Licht nur richtig fiel.

»Morgen, Anderson«, erwiderte sie seinen Gruß und schenkte ihm ein Lächeln, das verheerend auf sein Innenleben wirkte.

»Wenn Sie Ihren Mann suchen, kann ich ihn über Funk rufen. Er hat das Revier nämlich vor fünf Minuten verlassen«, sagte er eifrig und dachte daran, was man sich unter Kollegen über die Frau des Sheriffs so erzählte. Nämlich, daß sie ein verdammt heißblütiges Weib war, das sich woanders das holte, was sie bei ihrem Mann nicht bekam – Sex. Und zwar in großen, saftigen Portionen. Es hieß, sie hätte eine große Schwäche für Trucker. Er wünschte, sie hätte eine ebensolche Schwäche für junge Polizisten mit Akne.

Sie winkte schnell ab. »Nein, lassen Sie nur. Ich wollte nur mal kurz hereinschauen, das ist alles.« Sie hatte draußen darauf gewartet, daß ihr Mann das Polizeihauptquartier endlich verließ.

»Möchten Sie einen Kaffee?« fragte Anderson beflissen.

»Danke, ja. Kaffee wäre jetzt gut.«

Anderson sprang auf und ging zur Kaffeemaschine, die in der Ecke auf einem alten Aktenschrank stand. Er kam mit einem gefüllten Pappbecher zurück.

»Das ist wirklich sehr freundlich von Ihnen«, sagte Lucy und schenkte ihm ein betörendes Lächeln.

Anderson wurde heiß zumute. »Oh, das tu' ich doch gern für Sie«, sagte er, und sein Gesicht brannte noch mehr, als er sich bewußt wurde, was er da gesagt hatte.

Lucy zog einen Stuhl heran und setzte sich ihm gegenüber hin. Sie schlug die Beine übereinander und schien überhaupt nicht zu bemerken, wieviel nackte Haut sie dabei seinem Blick preisgab. Himmel, er konnte sogar sehen, daß sie einen hellblauen, durchbrochenen Slip trug.

»Ich bewundere Sie.«

Anderson fuhr aus seinen Gedanken, die sich mit Lucys Körper beschäftigt hatten. »Sie bewundern mich?« fragte er verwundert.

»Ja, die Arbeit eines Polizisten ist doch sehr aufreibend«, sagte sie und fügte in Gedanken hinzu: ›Besonders unter einem Schweinehund von Sheriff wie meinem Mann!‹

Anderson fühlte sich geschmeichelt. »Nun ja, es gibt bestimmt einfachere Berufe, wo man weniger gefordert wird und mehr Geld verdient. Aber ich bin gern Polizist.«

Lucy lächelte ihn an. »Ich hab' gehört, daß es in der Stadt Ärger mit zwei Truckern gegeben hat«, sagte sie scheinbar beiläufig.

»Ja, Ma'am«, bestätigte Anderson. »Ihr Mann ist von zwei Truckern in den Straßengraben gedrängt worden. Das hätte übel ausgehen können. Einer der Trucks hat ihn noch mit der Stoßstange hinten am Heck erwischt und den halben Kofferraum aufgerissen.«

Sie nippte an ihrem Kaffee. »Sie sind natürlich längst über alle Berge, nicht wahr?«

»Nein!« widersprach der junge Polizist. »Wir waren schneller als sie und haben sofort alle Ausfahrtstraßen gesperrt. Sie sind noch in Wilmington, und wir kriegen sie.«

»Weiß mein Mann denn, um was für Trucks es sich handelt?« fragte Lucy. »Ich meine, Donald hat mit mir nur kurz darüber gesprochen, aber ich hatte den Eindruck, als wäre alles reichlich schnell gegangen – und dann auch noch in der Dämmerung.«

»Für eine ungefähre Beschreibung hat es aber noch gereicht. Auf jeden Fall kommen sie nicht aus Wilmington raus, ohne uns ins Netz zu gehen«, erklärte Anderson stolz.

Sie hob die Augenbrauen. »Sind Sie sich da so sicher?«

Er nickte. »Wir haben an den Ausfahrtstraßen Streifenwagen postiert . . .«

»Aber die Trucker sind doch nicht blind«, wandte Lucy ein. »Wenn sie die Streifenwagen sehen, werden sie doch wissen, was sie erwartet.«

»Richtig. Aber die Streifenwagen stehen nur an zwei Ausfahrtstraßen so postiert, daß man sie sofort sieht – und zwar auf dem Weg zur Interstate und zum Highway 71. Die Old Peppermill Road, die zur 49 führt, ist jedoch nicht gesperrt . . . zumindest hat es den Anschein.«

Lucy stellte sich dumm. »Wie meinen Sie das?«

Anderson grinste breit. »Die Streifenwagen stehen einige Meilen außerhalb der Stadt, wo die Straße durch hügeliges Gelände führt. Wenn die Trucker die Sperre sehen, ist es schon zu spät.«

»Wer sagt denn, daß die Trucker gerade auf die 49 wollen?«

»Weil man auf der 49 auf dem kürzesten Weg nach Texas kommt. Das ist ihre einzige Chance, uns zu entkommen. Aber das wird nicht passieren. Ihr Mann rechnet fest damit, daß sie ihr Glück da versuchen werden.«

Lucy Judge hatte genug gehört. Sie imitierte ein Gähnen und stellte ihren Becher auf Andersons

Schreibtisch. »Na, Sie werden es schon richtig machen. Für mich wird es Zeit, daß ich ins Bett komme. Es ist schon spät. Danke für den Kaffee.«

Lucy Judge verließ das Polizeigebäude, setzte sich in ihren Pick-up-Truck, griff zum CB und stellte Kanal 23 ein. »Hier Mona Lisa . . . Mona Lisa ruft Rebel . . .« Sie lächelte. Ihr Mann würde sein blaues Wunder erleben – und zum Gespött von ganz Wilmington werden. Sofern alles nach Plan verlief.

Die drei 18-Wheeler standen nebeneinander auf dem Frachthof einer Truck-Company, deren Besitzer Big Mäc gut kannte und der keine langen Fragen gestellt hatte. Von hier bis zum Polizeigebäude war es keine Meile.

John McCallum hatte Blut und Wasser geschwitzt, als er seinen Kenworth hierhin durch die Stadt gefahren hatte, gefolgt von Big Mäc, der Teddys White gesteuert hatte. Dieser Teil ihres Planes war der unberechenbarste und gefährlichste gewesen. Doch zum Glück war ihnen kein Streifenwagen begegnet.

Anschließend hatte Big Mäc seinen Peterbilt geholt und den Bulldozer organisiert. Die schwere Maschine stand auf dem Tieflader.

Hinter den drei schweren Trucks parkte Lucy Judges Pick-up, den sie mit Koffern und Möbeln beladen hatte, sowie der Mietwagen der beiden Gangster, die sie auf der Landstraße hatten laufen lassen. Sie würden zu Fuß über eine Stunde bis nach Wilmington brauchen. Von ihnen drohte ihnen keine

Gefahr. Zur Polizei würden die beiden sicherlich nicht gehen.

John, Big Mäc, Brandy und Lucy hielten eine letzte Besprechung ab.

John steckte sich eine Zigarette an. »Big Mäc, wenn du hier voll mitmischst, kannst du dich lange nicht mehr in Wilmington blicken lassen.«

»Darüber haben wir schon gesprochen. Ich bin dabei!« erklärte der Schwarze energisch. »Außerdem ist es noch gar nicht gesagt, daß wir in Louisiana auf 'nem Steckbrief landen werden. Es ist dunkel, und niemand wird von uns eine passable Beschreibung geben können.«

Lucy nickte. »Das gilt auch für die Trucks.«

Bevor sie das Camp im Sumpf verlassen hatten, hatten sie die Nummernschilder und die Trucks mit Dreck und Schlamm eingeschmiert, so daß besondere hervorstechende Merkmale nun bis zur Unkenntlichkeit verdreckt waren.

»Wenn wir Teddy aus dem Bunker holen wollen, wird es Zeit«, drängte Brandy und tippte auf ihre Armbanduhr. Es war drei Uhr fünfzig. »Bis zum Sonnenaufgang bleibt uns nicht mehr viel Zeit.«

John nickte. »Okay, dann los, Partner!« Er warf Big Mäc ein Walkie-Talkie zu. »Gute Abrißarbeiten! Und vergiß bloß nicht, zuallererst den Funkmast umzulegen.«

Big Mäc steckte das Sprechfunkgerät in seine Overalltasche. »Sitze nicht zum erstenmal hinter den Schalthebeln eines Bulldozers, John.«

John streckte den Daumen hoch und stieg mit

Brandy in den Mietwagen, den sie aus dem Sumpf gezogen hatten. Brandy setzte sich hinter das Steuer und fuhr los. »Wie lange braucht Big Mäc mit dem Bulldozer?«

»Keine Viertelstunde. Zeit genug für mich.«

Brandy schüttelte den Kopf. »Teddy hat recht. Wir sind verrückt.«

John McCallum stand im tiefen Schlagschatten eines Hauseingangs und schaute zum Polizeigebäude hinüber. Nicht ein einziges Fahrzeug war auf der Straße zu sehen. Es war still. Er wartete.

Dann hörte er das Rasseln von schweren Ketten und das Brummen des Bulldozers. Big Mäc kam. Augenblicke später sah er ihn um eine Straßenecke biegen. Noch dreihundert Meter.

»Alles bestens bis jetzt, Onkel Tom!« sagte er in das Walkie-Talkie.

»Was ist mit den Streifenwagen?« drang Big Mäcs Stimme aus dem Sprechfunkgerät.

»Kümmere mich jetzt darum. Over.«

John McCallum trat aus dem Hauseingang und ging ohne Hast über die Straße. Vor dem Portal des Polizeigebäudes standen zwei Streifenwagen.

Als er näher kam, stieß er einen Seufzer der Erleichterung aus. Er hatte darauf gehofft, daß die Seitenfenster bei der Hitze zumindest einen Spalt offen standen. Seine Erwartung wurde übertroffen. Die Fenster waren ganz heruntergekurbelt.

Er zog sein Taschenmesser hervor, klappte die Klinge aus und sah sich noch einmal um. Weit und breit war niemand zu sehen, den Bulldozer ausgenommen.

Schnell beugte er sich ins Wageninnere und durchtrennte das Kabel für das Sprechfunkgerät. Dasselbe tat er beim zweiten Einsatzwagen. Dann kniete er sich zwischen die beiden Autos und zog einen Lederbeutel hervor. Er kippte seinen Inhalt aus – ein gutes Dutzend fingerdicke, scharf geschliffene Metallstifte.

Das Rasseln und Brummen des Bulldozers wurde lauter. Big Mäc war keine hundert Meter mehr vom Polizeigebäude entfernt. Und sowie er die Rückfront erreichte, wo der Zellentrakt lag, würde er loslegen.

John drückte die Metallstifte schräg in Fahrtrichtung in die Reifen der Streifenwagen und vergewisserte sich, daß sie mit ihren Enden fest gegen den Straßenbelag drückten – und somit nicht wegrutschen würden. Er teilte die Stifte so auf, daß von beiden Wagen jeweils mindestens ein Vorder- und ein Hinterreifen mit diesen stählernen Dornen gespickt waren.

Als John McCallum hinter den Streifenwagen hervorsprang, war der Bulldozer schon in die schmale Seitenstraße eingebogen, die an der Rückfront des flachen Backsteingebäudes vorbeiführte.

»Fertig, Partner?« schepperte es aus dem Walkie-Talkie.

»Fertig, Onkel Tom!«

»Okay, dann beginn schon mal zu beten. Gleich fliegen die Brocken!«

John McCallum rannte um das Gebäude herum.

Big Mäc wußte, daß es bei dieser gefährlichen Befreiungsaktion auf Schnelligkeit und Genauigkeit ankam. Brandy und John hatten ihm die Räumlichkeiten im Polizeigebäude genau beschrieben. Er mußte die Bulldozerschaufel so einsetzen, daß er die Außenmauer zum Einsturz brachte, nicht jedoch Teddy unter den Trümmern in der Zelle begrub.

Schweißperlen bedeckten sein Gesicht, als er den mächtigen Bulldozer durch die schmale Straße lenkte. Der Overall klebte ihm am Körper. Sein Mund war pulvertrocken.

Er sah eine Gestalt um die Ecke des Gebäudes rennen. Es war John. Er hatte sich um die Streifenwagen gekümmert.

»Der Teufel soll Egghead-Judge holen!« stieß Big Mäc grimmig hervor, um sich selbst Mut zu machen.

Er drehte den Bulldozer auf der Stelle, und der Lärm der schweren Maschine dröhnte ihm in den Ohren. Ihm war, als müßte ganz Wilmington bei diesem Krach aus den Betten fallen.

Er schob den Hebel vor, und die breite Räumschaufel hob sich. Der Funkmast erhob sich an der linken Hausecke. Wäre das Polizeihauptquartier ein zweistöckiges Gebäude gewesen, hätten sie eine solche Befreiungsaktion nicht wagen können.

Big Mäc konzentrierte sich auf seine Aufgabe. Ihm schien es, als würde sich die Zeit dehnen wie Gummi, als würden endlos lange Minuten vergehen. Doch in Wirklichkeit ging alles unheimlich rasch.

Die Räumschaufel erreichte Dachhöhe. Big Mäc

fuhr den Bulldozer noch näher heran und drehte ihn dann auf der Stelle um fast 180 Grad.

Die Räumschaufel rasierte den kleinen Funkmast vom Dach, als handelte es sich dabei um ein Streichholz und nicht um ein recht solides Metallgerüst.

Kabel und Drähte rissen. Der Funkmast kippte vom Dach und stürzte auf die Straße. Das Stützgestänge war aufgefetzt und verbogen.

Big Mäc wußte, daß die Polizisten im Gebäude den Krach gehört haben mußten. Nun blieb ihm nicht mehr viel Zeit. Er ließ die Schaufel auf die Ecke heruntersausen. Das Dach stürzte sofort ein. Ein großes Loch klaffte.

Die Räumschaufel donnerte in das Loch. Big Mäc schaltete den Rückwärtsgang ein, und die Außenmauer stürzte zur Straße hin ein.

Der Schweiß floß dem Schwarzen nun in Strömen über das Gesicht, obwohl er keine physische Arbeit zu leisten hatte. Er riß die Steuerhebel zurück und ließ die Baumaschine vorwärts rasseln. Die Räumschaufel schnitt mit ihren dicken Stahlzacken durch die Außenmauer wie ein heißes Messer durch Butter. Mörtel und Backsteine polterten auf die Straße.

Licht fiel aus dem Innern des Zellentraktes auf die Straße. Deutlich sah er Teddys Zelle. Der Trucker preßte sich ganz nahe an die Gittertür, während ein Teil der Decke über ihm einstürzte und die Außenmauer vom Bulldozer in Stücke gerissen wurde.

»Schaufel ihm nicht sein eigenes Grab!« brüllte John McCallum.

»Ich tu', was ich kann!« rief Big Mäc zurück. Ein

weiteres Teilstück der Außenmauer brach ein. Das genügte. Er schaltete die Maschine ab und sprang vom Sitz. »Los, komm, Teddy!«

Teddy Nelson hatte sich, so gut es ging, mit der filzigen Decke geschützt, die Egghead-Judge ihm in die Zelle geschmissen hatte. Dennoch hatten ihn mehrere Steine und Balkenteile getroffen. Ein Trümmerstück hatte ihn unglücklich am Kopf erwischt und ihn zu Boden gehen lassen. Fast wäre er bewußtlos geworden. Doch er hatte Glück gehabt, er war nur angeschlagen.

Jetzt schleuderte er die Decke von sich und kletterte so schnell er konnte über den Trümmerberg ins Freie. Staubwolken hüllten ihn ein und reizten seine Lungen. Er hustete, und seine Augen tränten. Er stolperte, fiel der Länge nach hin und spürte dann eine kräftige Hand, die ihn hochriß.

Es war John. »Zum Wagen!« Er hielt Big Mäcs Schrotgewehr in der linken Hand.

»Ihr seid wahnsinnig!« keuchte Teddy. »Total wahnsinnig!«

»Schon möglich! Aber lieber wahnsinnig als in Wilmington verrotten!« erwiderte John und zerrte ihn mit sich.

Sie rannten auf den Chevy zu, dessen Motor schon lief.

»Die Bullen!« rief Big Mäc warnend.

John McCallum gab Teddy einen Stoß in Richtung Wagen und wirbelte herum. Er riß das Schrotgewehr in Anschlag und feuerte den ersten Schuß ab. Er zielte dabei hoch über die Köpfe der beiden Polizisten, die mit gezogenen Revolvern um die Hausecke gerannt kamen.

Die Detonation hallte durch die Straße. Und die Schrotladung prasselte gegen eine große Reklamewand. Doch der Warnschuß hatte die gewünschte Wirkung. Die beiden Polizisten warfen sich hinter den Bulldozer in Deckung.

»Komm! Beeil dich, verdammt noch mal!« brüllte Big Mäc.

John McCallum lief zum Wagen und feuerte den zweiten Lauf ab. Dann hechtete er zu Brandy in den Fond des Wagens. Big Mäc gab Gas, bevor John noch die Tür schließen konnte. Mit quietschenden Reifen und aufheulendem Motor schoß der Chevy davon.

»Köpfe runter!« rief der Schwarze, als er im Rückspiegel die Polizisten hinter dem Bulldozer hervorspringen und das Feuer eröffnen sah.

Zwei Geschosse klatschten in den Kofferraumdeckel. Ein drittes traf das Dach und jagte als Querschläger in den Nachthimmel. Dann riß Big Mäc den Chevy in eine Seitengasse. Sie hatten es geschafft. Vorerst.

18

Teddy holte tief Luft, während Big Mäc sich zwang, mit normaler Geschwindigkeit zum Frachthof zu fahren. Die Streifenwagen und die Funkzentrale waren außer Gefecht gesetzt. Es würde einige Zeit vergehen, bevor die Polizisten ihre Kollegen alarmieren konnten. Und diese Zeit mußte für ihre Flucht ausreichen.

»Wißt ihr, was uns das einbringt, wenn sie uns erwischen, Freunde?« fragte Teddy mit flacher Stimme, als sie in den Frachthof einbogen. Big Mäc fuhr den Chevy über die ausgefahrene Rampe auf seinen Tieflader. Sie mußten den Wagen mit über die Grenze nehmen. Jetzt war keine Zeit, um alle Fingerabdrücke zu beseitigen.

»Fünfzehn Jahre«, antwortete John trocken.

»Zwanzig für mich«, meinte Big Mäc sarkastisch. »Schwarze genießen noch immer Sonderrechte im Süden.«

»Aber erst müssen sie uns kriegen«, erwiderte John und stieß die Tür auf.

»Hat alles geklappt?« rief Lucy ihnen aus ihrem Pick-up zu.

»Wilmington bekommt jetzt garantiert ein neues Polizeigebäude!« rief John ihr zu und half Big Mäc, den Chevy festzuzurren.

»Ich fahr' schon los!« Lucy Judge verließ als erste den Frachthof.

John, Teddy und Big Mäc kletterten wenig später in ihre Trucks, ließen die schweren Motoren an und folgten ihr. Die Straßen waren noch immer wie ausgestorben. Niemand hielt sie an, als sie die nordwestlichen Außenbezirke von Wilmington passierten und dann auf die Old Peppermill Road abbogen. Nur noch wenige Meilen trennten sie jetzt von texanischem Boden und relativer Sicherheit. Doch zuvor mußten sie die Straßensperre passieren.

Die drei Streifenwagen standen dreihundert Meter hinter einer scharfen Rechtskurve. Zwei der Einsatzwagen bildeten ein V und blockierten die Straße. Der dritte stand auf dem Randstreifen.

Das Gelände war hügelig, von mächtigen Felsbrocken übersät und teilweise bewaldet. An dieser Stelle führte die Old Peppermill Road durch einen Engpaß. Zu beiden Seiten der Straße ragten Felsbrokken auf und bildeten ein natürliches, unüberwindliches Hindernis. Eine Ausweichmöglichkeit gab es nicht. Wer hinter den Hügeln aus der Rechtskurve kam, hatte keine Chance, ihnen zu entkommen. Und ein 18-Wheeler hatte noch nicht einmal die Möglichkeit zu wenden. Es war die perfekte Falle.

Egghead-Judge lehnte am Kühler seines Wagens und steckte sich eine Zigarette an. Der Himmel hellte sich schon im Osten auf. Bald würde die Sonne aufgehen.

»Bisher ist hier nicht ein einziger Truck langgekommen, Sheriff«, bemerkte einer der anderen beiden Polizisten mit einem vorwurfsvollen Unterton in der Stimme.

»Ja, es war eine verdammt lange Nacht«, brummte sein Kollege und ging auf und ab, um die Müdigkeit zu bekämpfen.

»Keine Sorge, sie werden kommen . . . oder zumindest einer von ihnen«, versicherte der Sheriff. Er hegte zwar den Verdacht, daß der Bursche, den er mit seiner Frau im Motel überrascht hatte, zu den beiden gesuchten Truckern gehörte. Doch hundertprozentig sicher war er sich seiner Sache doch nicht. Aber das war letztlich auch gleichgültig. Er würde dreitausend Dollar einstecken *und* die Mistkerle fassen, die ihn auf der Landstraße wie einen räudigen Hund in den Straßengraben gejagt hatten.

Er dachte an seine Frau, die ihn ausgerechnet mit Truckern betrog. Wut verzerrte sein Gesicht. Dieser Yankee würde dafür bezahlen, daß er mit seiner Frau das getan hatte, was Lucy ihm schon seit einiger Zeit verwehrte. Und dreitausend Dollar würden seinen Kopf nicht retten.

»Da kommt ein Wagen!« rief einer von Sheriff Judges Untergebenen.

Ein Lichterpaar kam hinter den Hügeln um die Kurve. Es war jetzt schon hell genug, um die Umrisse des Wagens zu erkennen. Ein Truck war es nicht.

Egghead-Judge kniff die Augen zusammen. Der Wagen kam ihm bekannt vor. Und dann wußte er es. Es war der Pick-up seiner Frau. Und dann sah er, daß der Pick-up beladen war. Sein Mund klappte in maßloser Verblüffung auf. Er begriff, was das zu bedeuten hatte. Zumindest glaubte er es.

»He, ist das nicht der Wagen Ihrer Frau, Sheriff?« stieß einer seiner Männer ebenso verblüfft aus.

»Da sind Möbel auf der Ladefläche!« bemerkte der andere Kollege.

»Ich bin nicht blind!« fauchte Egghead-Judge.

Der Pick-up kam bis auf fünfzig Meter heran.

Dann stoppte er abrupt. Es schien, als hätte Lucy Judge erst jetzt ihren Mann erkannt.

Donald Judge lief ihr entgegen. »Lucy!« brüllte er. »Was zum Teufel hat das zu bedeuten?«

Lucy beugte sich aus dem Fenster. »Fahr zur Hölle, Donald! Und schau mich noch einmal genau an! Das ist nämlich das letzte, was du von mir zu sehen bekommst!« Sie legte den Rückwärtsgang ein und rangierte.

»Halt an!« donnerte der Sheriff. »Du hältst sofort an und steigst aus! ... Lucy! ... Ich warne dich! ...«

Lucy kümmerte sich nicht um sein Geschrei.

»Verdammte Schlampe!« preßte der Sheriff wutentbrannt hervor und lief zu seinem Wagen zurück.

»Stimmt irgend etwas nicht, Sheriff? Können wir was für Sie tun?« fragte der Polizist.

»Ja, das Maul halten! Ihr bleibt hier, wo ihr seid!« fuhr Egghead-Judge ihn an und sprang in seinen Wagen. Mit schleuderndem Heck jagte er den Streifenwagen über den sandigen Randstreifen auf die Straße. Seine Frau wollte ihn verlassen und zum Gespött der Stadt machen. Aber da würde er noch ein Wörtchen mitreden. Er würde sie windelweich schlagen und ihr zeigen, wer hier der Boß war!

»Ihr habt recht gehabt«, drang Lucys Stimme aus den CB-Geräten der drei Trucks. »Mein Mann wartet hier auf euch. Es sind insgesamt drei Streifenwagen. Haltet euch bereit!«

»Wir sind bereit«, antwortete John.

»Mein Mann hat angebissen!« meldete Lucy Augenblicke später. »Ich habe gedreht, und er folgt mir mit seinem Wagen.«

»Kommt er allein?«

»Ja. Nur er.«

»Okay, jetzt bist du an der Reihe, Teddy!« sagte John ins CB.

»Bin schon auf dem Sprung«, antwortete Teddy, sprang aus seiner Fahrerkabine und lief zu dem Dornenstrauch, der ganz nahe der Straße stand. Lucys Pick-up tauchte hinter der Kurve auf.

Die drei Trucks standen mit laufenden Motoren diesseits der Hügelkette abseits der Straße. Eine Baumgruppe und wilde Büsche schützten sie. Auf den ersten Blick waren sie nicht zu sehen, wenn man aus der Kurve kam und Richtung Wilmington fuhr. Schon gar nicht bei diesem morgendlichen Zwielicht. Und für einen zweiten Blick würde Egghead-Judge nicht mehr die Zeit haben.

Der Pick-up raste an Teddys Versteck vorbei. Im nächsten Moment tauchte der Wagen des Sheriffs auf, mit eingeschalteter Sirene und aufgeblendeten Scheinwerfern.

Teddy hob den Plastikeimer an, der bis zum Rand mit Altöl gefüllt war. Big Mäc hatte die Idee gehabt. Und er hoffte, daß sie auch genauso wirkte wie erhofft.

Als der Streifenwagen nur noch zehn Meter entfernt war, sprang Teddy hinter dem Strauch hervor und schleuderte ihm den Eimer entgegen.

Der Sheriff hatte keine Chance, ihm auszuweichen. Der Eimer knallte mitten auf die Windschutzscheibe, und das dunkle Altöl spritzte in alle Richtungen, überzog die Scheibe mit einem dunklen, schmierigen Film.

Egghead-Judge schrie vor Schreck auf. Er sah plötzlich nichts mehr. Instinktiv trat er auf die Bremse. Der Wagen geriet ins Schleudern.

Im nächsten Moment hörte er das Aufröhren von schweren Motoren. Zwei Trucks durchbrachen zu beiden Seiten der Straße die Büsche und nahmen ihn in die Zange.

»Eine Falle! ... Eine verfluchte Falle!« schrie Egghead-Judge. Wut und Angst schwangen in seiner Stimme mit. Seine Frau steckte mit den Truckern unter einer Decke. Er wollte zum Funkgerät greifen.

Doch im selben Augenblick riß Big Mäc seinen Truck ein wenig herum und rammte den Streifenwagen mit seinem Tieflader. Der Polizeiwagen wurde nach rechts geschleudert und kollidierte mit Johns Kenworth-Trailer.

»Mach ihn platt wie 'ne Flunder!« rief Big Mäc ins CB-Mike.

»Mit Vergnügen!« antwortete John McCallum und schloß die Truckzange.

Der Streifenwagen war zwischen den beiden Trucks eingeklemmt und wurde zusammengedrückt. Metall riß. Funken sprühten. Die Reifen platzten, als sich Metallfetzen von den Kotflügeln ins Gummi bohrten. Die Scheiben splitterten.

Egghead-Judge warf sich in die Mitte des Wagens und schrie vor Todesangst. Er hielt sein Ende für gekommen. Die beiden Trucks schienen ihn und seinen Wagen zermalmen zu wollen. Ein infernalisches Kreischen von Metall umgab ihn.

Auf einmal wichen beide Trucks zurück, und der Streifenwagen geriet von der Straße, rutschte als Wrack zwischen das Buschwerk und kam endlich zum Stehen.

Wimmernd kroch der Sheriff durch die zersplitterte Windschutzscheibe.

»Egghead-Judge ist mit einem Schrecken davongekommen!« meldete Teddy, der inzwischen in seinem Truck saß und auf seine Freunde wartete.

»Zu billig!« gab John zurück und wendete hinter Big Mäcs Tieflader.

»Jetzt die anderen beiden!« rief Big Mäc und übernahm mit seinem Peterbilt die Spitze der Kolonne. John blieb dicht hinter ihm. Teddy hängte sich an Johns Trailerende. Lucy bildete das Schlußlicht.

Mit Vollgas donnerten sie durch die Rechtskurve. Sowie die Gerade vor ihnen lag, schwenkte Big Mäc weit nach links und John nach rechts. Sie fuhren jeweils mit den Außenreifen auf den Standstreifen und wirbelten gewaltige Staubwolken auf. Teddy Nelson rückte in die Mitte vor. Dann schlossen sie die Lücken zwischen ihren Trucks bis auf halbe Armlänge. Ihre mächtigen Kühler mit den breiten Stoßstangen bildeten nun eine einzige, straßenbreite Phalanx aus Metall.

»O mein Gott!« stöhnte Brandy, kalkweiß im Gesicht. Sie stemmte sich gegen das Bodenblech.

»Wir schaffen es«, beruhigte John sie.

Die beiden Polizisten waren aus ihren Wagen gesprungen, als sie die Trucks aus der Kurve kommen sahen. Sie standen breitbeinig auf der Straße und machten Zeichen, daß sie anhalten sollten.

Doch die 18-Wheeler kamen mit Höchstgeschwindigkeit auf sie zugerast.

Einen Augenblick waren sie wie gelähmt, starrten in das grelle Licht von sechs aufgeblendeten Scheinwerfern und glaubten, ihren eigenen Augen und Ohren nicht trauen zu dürfen. Doch dann begriffen sie, was die Trucker vorhatten.

»Die wollen uns umnieten!«

»Weg! . . . Von der Straße!« brüllte der andere mit sich überschlagender Stimme.

Sie rannten zu beiden Seiten davon.

Im nächsten Augenblick erreichten die drei Trucks die Straßensperren.

»Jetzt!« schrie John McCallum und umklammerte das Lenkrad mit solcher Kraft, daß seine Knöchel weiß hervortraten.

Brandy wollte die Augen schließen, konnte jedoch nicht.

Die drei 18-Wheeler rasten mit Höchstgeschwindigkeit in das offene V hinein, das die beiden Streifenwagen bildeten. Big Mäcs Peterbilt und Johns Kenworth rammten jeweils einen der beiden Einsatzwagen.

Es gab einen irrsinnigen Knall, als die beiden Trucks mit ihren Stoßstangen die Streifenwagen seitlich rammten. Die Autos schienen in der Mitte einzuknicken. Bleche und Glas flogen durch die Luft.

Die Wagen wurden hochgerissen und flogen zur Seite, überschlugen sich mehrmals und explodierten zwischen den Felsbrocken zu Feuersäulen.

Schüsse peitschten hinter ihnen auf. Doch die drei Trucks befanden sich schon längst außer Reichweite eines Polizeirevolvers.

»Wir sind durch!« jubelte Big Mäc. »He, wir sind durch! Wir haben es geschafft!«

»Freunde, das werde ich euch nie vergessen«, sagte Teddy mit bewegter Stimme über CB, während sie nun wieder eine Kolonne formten und auf die Grenze von Texas zurasten. »Für die Beulen an euren Stoßstangen komme ich natürlich auf.«

John wischte sich den Schweiß von der Stirn und blickte in den Rückspiegel. Er sah die beiden Feuersäulen, über denen sich schwarze Wolken von verbranntem Gummi und Plastik auftürmten.

»Keiner von uns wird das hier vergessen, Partner«, antwortete John ›Rebel‹ McCallum über CB. »Ganz besonders nicht Egghead-Judge. Ich verwette meinen Ken, daß wir noch von ihm hören werden.«

»Soll er es nur versuchen«, meinte Teddy.

»Texas, Partner!« meldete sich Big Mäc. »Willkommen in Texas!«

John atmete auf. Sie hatten es nun wirklich geschafft. Sie hatten Egghead-Judge in seinem eigenen dreckigen Spiel geschlagen.